O GUIA DO CONTRABANDISTA

HISTÓRIAS DO SUBMUNDO

Por que ela riscaria isso? Para que as pessoas te louvem, você tem que se vender primeiro!
— Hondo Ohnaka

MAZ KANATA

Um relato da vida imutável e ultrajante da infame rainha do crime da Orla Exterior

Dos campos de batalha repletos de relíquias em Ruusan ao Castelo Takodana, Maz Kanata deixou uma marca profunda nas encruzilhadas do submundo.

A lenda da notória rainha pirata da Orla Exterior ressurgiu e desapareceu ao longo dos séculos, e são poucos os que ainda vivem para atestar os ocorridos de cada era. Kanata não suportava a existência de escravistas e traficantes, cujas operações havia desmantelado. Roubando da escória da galáxia, ela permitiu que aqueles à margem sobrevivessem em meio à indiferença do Império Galáctico.

Das sementes plantadas por Maz Kanata, o submundo floresceu em uma complexidade contraditória. Contrabando e comércio clandestino são duas das artes que tendem a uma resposta positiva à rigidez do governo. Mas escravismo, extorsão e disputas entre gladiadores são facetas do negócio que nunca podem ser defendidas.

ISSO, SIM, PARECE COM A MAZ QUE EU CONHEÇO.
— DEX

O QUE É O SUBMUNDO?

Eu vivi por muitos ciclos. Vi e conquistei muitas coisas. Conheço esse ambiente melhor do que qualquer um, e as coisas mudaram nos últimos mil anos. Sem exceção, todo novato nesse negócio sombrio supõe que não existem regras e que eles podem usufruir de liberdade irrestrita quando fazem barganhas.

Logo aprendem que não é o caso quando não conseguem se livrar de sua primeira transgressão. A cada domínio, um mestre; quem ignora esse desequilíbrio de poder será um servo para sempre.

As estruturas do crime se calcificaram em hierarquias, graças à grande rotatividade de gerações que buscam a imortalidade através da tradição. O submundo atual é dominado por cinco organizações criminosas:

- OS CRYMORAH: selvagens, amorais e menos suscetíveis a se comprometerem com um acordo tácito.
- SOL NEGRO: escravistas e assassinos com amigos poderosos entre a elite de Coruscant.
- AURORA ESCARLATE: no presente momento, a Aurora Escarlate é a organização mais poderosa. Ela possui uma aliança frágil com os Pykes.
- ORGANIZAÇÃO PYKE: os Pykes controlam Kessel e, portanto, o Triângulo das Especiarias. Eles abriram caminho à força até os círculos dos Hutts e parecem não querer parar por aí.
- OS HUTTS: O único poder do submundo que permaneceu de pé desde a antiguidade. Seu comodismo permitiu que os Pykes (e uma sexta organização, o Orgulho de Son-Tuul) ganhassem reputação à sua custa.

Para ganhar o pão nesse negócio sombrio, muitos criminosos aceitam uma aliança temporária ou servidão com uma das organizações. Quem não se alia, precisa juntar toda migalha possível para sobreviver por conta própria.

Onde quer que os governos não consigam impor a lei, as organizações florescem por meio da simples intimidação: *pague ou vamos te matar*. Essas ameaças funcionam com os indefesos, garantindo o dinheiro de extorsão que sustenta muitas das organizações criminosas. Poucos chefões do crime querem começar uma guerra de facções e, por isso, o submundo inevitavelmente se estabiliza em uma paz inquieta, definida por hierarquias e territórios.

ORGANIZAÇÕES PRINCIPAIS

(ASSIM COMO MUITAS ORGANIZAÇÕES MENORES, CARTÉIS, GUILDAS E GANGUES)

Mais ricos que o próprio Imperador e valem menos que um balde de suor de reek. -Han

CHEFÕES DO CRIME

LIDERAM AS ORGANIZAÇÕES.

VIGOS E SUBCHEFES

FAZEM ALIANÇAS E ORDENAM EXECUÇÕES.

TENENTES

LIDERAM TERRITÓRIOS ESPECÍFICOS.

Abaixo desses estão as inúmeras fileiras de indivíduos que arranjaram trabalho no submundo.

- Contrabandistas, traficantes de armas e de bebidas, saqueadores, despejadores de dejetos perigosos
- Sequestradores, ladrões, extorsionários, chantagistas
- Capangas, guarda-costas, mercenários, caçadores
- Hackers, mecânicos de nave, médicos de ciborgues
- Falsificadores, fraudadores, lavadores de dinheiro, agiotas, comerciantes clandestinos, receptadores
- Apostadores, agentes de apostas, mediadores de lutas
- Sabotadores, incendiários
- Piratas, ladrões de naves, bandoleiros, pistoleiros

Clonadores? Criptocirurgiões?
—Dr. Evazan

e cavalheiros irresistíveis
—Lando

As organizações criminosas possuem relações mútuas com praticamente toda instituição legítima, incluindo agências de segurança, departamentos de justiça, legisladores do governo e militares.

Eu impeço que a pior escória dessas organizações venha ao meu castelo. Eles sempre pagam sua parte, mas quase sempre as visitas terminam com corpos para desovar. Tem um motivo pelo qual eu construí esse castelo em um planeta próximo a um nexo de hiperespaço.

Os excluídos sempre encontram um caminho até aqui. Observo cada rosto que passa pela minha porta. Eles são os retalhos variados que dão cor a uma galáxia preta e branca.

Conforme eu observava o submundo mudar e se moldar de novo e de novo, aprendi os diversos segredos dele. Alguns não acreditam no tipo de conhecimento que rolava pelas mesas depois de uns drinques. Ouço sempre: "Maz, se você era uma rainha pirata, onde está tudo que conquistou?" Então conto a eles sobre desventuras com as quais podem se identificar, caso queiram acreditar nelas. Mas a verdade é que meu reinado me rendeu muito mais do que um porão de antiguidades. *Sim, sei bem como você se sente. ~Gunda Mabin*

Cada um dos lugares marcados neste mapa contém um cofre equipado com um alarme antiviolação subespacial. Até agora, nenhum dos alarmes soou.

O escopo de tudo que quero revelar não caberia neste diário. Por isso guardei registros de dados de alta densidade em nódulos de armazenamento esquecidos. Para recuperá-los, é preciso decifrar estas coordenadas de localização:

Q5T8L3BLT99MZX	7W9ΠMWVFG46USQ
VQZMBG8K6BSQA8	PCT2QV24932XPA
YLGJDPVFDTA69L	L8ET35QRF7PNMD
ER28WZALGD8TPD	ZC8B7PEPP46KK9

Intrigante. Criptografia polignímica, suponho. -Mestre Decodificador

À medida que preparo mais palavras para adicionar a este registro, vejo como essas informações poderiam moldar e influenciar destinos. Em tempos vindouros, a galáxia será fundamentalmente refeita. Este livro poderá passar entre a luz e a sombra, tanto entre os justos como entre os bestiais. É uma jornada que devo começar.

ENCLAVE GREE
Te Hasa
VIA HYDIANA
Urdur
Cantonica
Florrum
Athus Klee
ALCANCE GORDIANO
Borgo Prime
Porto Refúgio
Pashvi
Mandalore
A Roda
ROTA DE COMÉRCIO PERLEMIANA
Murvey Perdida
Ord Mantell
Aquaris
Obroa-skai
TRILHA DE BURKE
Brentaal
Chandrila
Alderaan
Balmorra
Coruscant
Kashyyk
Keldooine
Jedha
Columus
Cato Neimoidia
Ruusan
Vale a tentativa! Deixa pra lá —Han
Corellia
Mimban
Adrathorpe
Sistema Hosnian
Nar Shad
Abregado-rae
Jakku
Byblos
Clérion
Giju
Nantoon
Ponemah
Devaron
TRAVESSA HÉRGLICA
Seeratter
Graddus Rex
Descopose Farmark
Batuu
Anel de Kafrene
Takodana
EXTENSÕES OCIDENTAIS
Chalcedon
DESVIO BIOX
ESPINHA COMERCIAL CORELLIANA
CORREDOR CORELLIANO
É ISSO, ESSE É NOSSO GRANDE ACHADO. —CYGYED OCK
ROTA DE COMÉRCIO RIMMA
VIA HYDIANA
Malastare
Mon Gazza
Iskalon
Anoat
Rodia
Savareen
Tatooine
CONTORNO INCISIVO
Sullust
Não tem muita coisa aqui depois que Vizago lascou com tudo —Lando
Ryloth
Vergesso
Socorro
Eriadu
Seylott
VIRADA DE MUMBLE
Âncora de Zirtran
Gelgelar
Praia de Tanquilla

LEGENDA

ROTAS DE COMÉRCIO ESTABELECIDAS:

AS REAIS ROTAS DE COMÉRCIO:

- PORTOS CLANDESTINOS
- GARAGENS FORA DA LEI
- ESCONDERIJOS DE TESOUROS
- LOCAIS DE INTERESSE

CARGAS DE CONTRABANDO MAIS LUCRATIVAS POR QUILOGRAMA:

- Coaxium (entrega rápida é crucial)
- Tinta artesanal Quarren (usada nas tatuagens kajídicas dos Hutts)
- Adesivo industrial Harch
- Fibras cor de linho de lã-gaber
- Pólen estimulante Kibnon ou Nevoota
- Musgo megonita (embalagem estável é crucial)

A partir de hoje, tudo muda para Tryphon Leo.

Rotas de comércio, portos clandestinos, contatos do crime, tesouros secretos — está tudo aqui, como suspeitei!

Um único tesouro desses já me garantirá créditos suficientes para comprar a própria frota de naves transportadoras. Assim que eu colocar minha rede de contrabando para funcionar, posso agarrar o resto dos tesouros e me tornar mais rico que o Xim. Vou extrair cada gota de riqueza das hiperrotas da galáxia; e tudo o que tive que fazer foi flertar com aquele fóssil laranja ressecado.

Claro, eu tinha ouvido as histórias: "Maz gosta dos corajosos." Ou Maz gosta dos acanhados, dos peludos, dos escamados, dos delicados ou dos durões. Maz gosta de todo mundo e de ninguém, tudo depende do que ela acha que "vê".

Sabia que não devia ser tão difícil assim, então passei a frequentar o castelo dela. Troquei favores com os bartenders e molhei a mão do pessoal da cozinha. Fiz aquele lugar todo gostar de mim, até a grande Maz Kanata vir saber quem eu era, afinal. Ela é mais excêntrica do que sabichona, como se as demais entradas deste livro não fossem prova o suficiente.

Ela sentou à minha frente naquela mesa pedregosa, sem sequer tocar o drinque que eu tinha comprado. Foi aí que ela abaixou aquelas macrolentes para focar em mim, apertando seus olhinhos para ver minha beleza.

Eu sabia que a tinha conquistado quando ela reajustou suas lentes e disse: "Dá pro gasto."

Não sou um novato qualquer. Me dediquei e conquistei o direito de usar essas informações e de chacoalhar o submundo.

Como um freelancer, contrabandeei desde blasters até partes corporais — metade do pagamento antecipado e nenhuma pergunta. Como traficante de especiarias, risquei o casco da *Dançarina de Lessu* em carbonbergs enquanto deslizava pelo Sacarrolhas. Sou membro tanto da Guilda de Mercadores de Corellia quanto do Cartel Mandroxano.

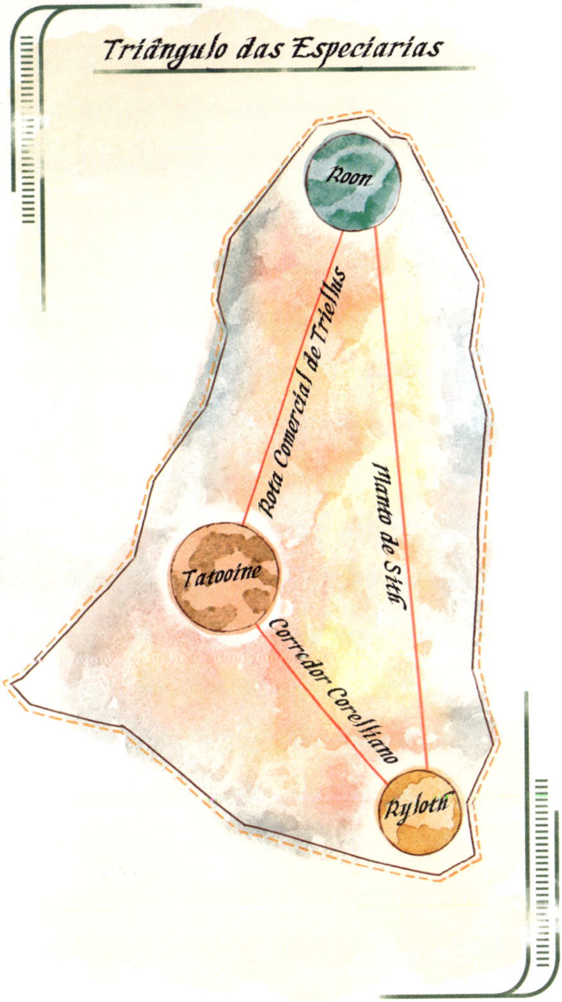

NOVA REDE DE COMÉRCIO:

As rotas com pedágio de Tryphon Leo

Então, estou pensando que assim que eu comprar uma frota (talvez vinte HWK-290s, cinquenta cargueiros YT e cem barcas), vou bloquear o comércio no Triângulo das Especiarias.

Todo o contrabando do Corredor do Vento Mortal terá que passar por mim, além disso, vou cobrar taxas dos segmentos mais lucrativos de Triellus e do Corredor Corelliano.

Precisarei pagar os Hutts e os Pykes, pelo menos no começo, e o governador imperial de Roon. Mas quem não aceita suborno assim tão longe do Núcleo?

Hoje fui atrás de um fornecedor em Vergesso, um lugar que a Maz recomendou. Gastei boa parte das minhas economias em equipamentos, mas em uma semana conseguirei comprar todo esse asteroide.

Decidi que primeiro vou atrás do tesouro em Pashvi. Não é longe, pelo menos na velocidade que a *Dançarina de Lessu* atinge. E posso carregar sozinho todo o tesouro com um trenó gravitacional. Não preciso dividir com um parceiro se posso levar 100%.

É a Aurora Escarlate quem dita as regras nesse canto do espaço, então vou ficar bem quieto. Nem um pio para os nativos sobre o destino que decifrei das coordenadas de Maz: A Gruta de Typhojem, o Deus Canhoto.

Sim, tudo será diferente daqui em diante para Tryphon Leo — o homem mais rico que já existiu!

Você disse bem, Chewie. Algumas pessoas têm uma ambição imensa em acabar mortas. — Han

LIGA DE XENOEXPLORADORES

NOME DO MEMBRO:

Reginald Danfillo

PATENTE DO MEMBRO:

Trilheiro sênior, folha prateada, agrupamento desabrochado

Recuperei este item no local da Excavação Typhojem. Durante a excursão, também recolhi fragmentos de cerâmica Quesoth e uma peça de tapeçaria datada do Neo-Médio Secundus. Então imagine a minha decepção que essa peça seja CONTEMPORÂNEA, e não uma relíquia.

O item foi descoberto a cerca de setenta metros adentro do Grande Istmo, adjacente a um bloco de rocha que parece ter caído do teto. O último dono era humano, a julgar pela mão e o antebraço estendidos sob o bloco [veja o anexo].

Talvez algum desses malditos exploradores do espaço pague por isso. Parece o tipo de coisa de que eles gostam.

ORA, QUEM DIRIA! MAZ KANATA.

ME FAZ BEM VER ESSE NOME DE NOVO. NÃO FOI HÁ TANTO TEMPO QUE EU ME DENOMINAVA SEU NAMORADO. MASSAGEM DE QUATRO BRAÇOS ERA MINHA ESPECIALIDADE. AINDA TENHO SUAS CARTAS DENTRO DE UMA CAIXA VELHA DE MUNIÇÃO. DEXI JET ERA COMO ELA ME CHAMAVA. AINDA AQUECE O MEU CORAÇÃO.

E dizem que eu que sou galanteador. —Lando

AH, QUEM ESTOU ENGANANDO? FOI HÁ MUITO TEMPO, SIM. QUANDO VOCÊ FICA VELHO COMO EU, OS ANOS PARECEM NÃO VALER MAIS TANTO. AS MEMÓRIAS APARENTAM SER DE UM SÉCULO ATRÁS OU DE ONTEM, NÃO EXISTE MEIO-TERMO.

ACHEI ESTE LIVRO DE REGISTROS EM UMA CAIXA DE MATERIAL DE LEITURA, ESCONDIDO ENTRE A BIOGRAFIA DO MESTRE LADRÃO MAKUTA E O GUIA DE CAMPO SOBRE REPTIAVES TRÂMICAS. O NOME DE MAZ KANATA NA PRIMEIRA PÁGINA ME ATRAIU E POR ISSO MEU BOLSO ESTÁ COM CINQUENTA CRÉDITOS A MENOS.

UM BESALISK JOVEM IRIA ATRÁS DOS TESOUROS, MAS SÓ DE TER O NOME DELA POR PERTO JÁ É BOM O SUFICIENTE PARA MIM.

DESDE QUE ESCREVI ISSO ACIMA, LARGUEI PASHVI E COMPREI UMA PASSAGEM PARA A BORDA ESTELAR DO BRAÇO TINGEL. OUVI QUE UMAS COISAS ESTRANHAS ESTÃO ACONTECENDO POR LÁ: MODIFICAÇÕES CIBORGUES E CORPOS SENDO DESENVOLVIDOS À ESCOLHA DO CLIENTE, SÓ PARA CITAR ALGUMAS.

TALVEZ CLONADORES ESTEJAM OPERANDO SEU NEGÓCIO PARA CLIENTES PARTICULARES, NÃO? TEM BASTANTE TRABALHO POR AÍ PARA ESSES CARAS AGORA QUE AS ORGANIZAÇÕES CONTROLAM A ORLA EXTERIOR.

A BALSA ESPACIAL APORTOU EM ATHUS KLEE ESSA MANHÃ. OS PASSAGEIROS ZARPARAM DALI, SE MISTURANDO RAPIDAMENTE DENTRE O DISTRITO DOS VIAJANTES ESPACIAIS. MAS QUANTO A MIM, NÃO ME MOVIMENTO TÃO RÁPIDO QUANTO COSTUMAVA. ASSIM QUE DESCI DA RAMPA, TODAS AS POUSADAS JÁ NÃO TINHAM MAIS QUARTOS.

ENTÃO FUI ATÉ O MATAGAL E ACHEI UMA ELEVAÇÃO QUE NÃO FOSSE TÃO ÚMIDA. POR FIM ME ESTIQUEI SOB O CÉU ESTRELADO.

NÃO POSSO CULPAR OS ESPERANÇOSOS POR VIREM ATÉ ESSAS BANDAS. A AURORA ESCARLATE ANUNCIOU CONTRATOS BEM PAGOS PARA TRABALHADORES BRAÇAIS. "UM ANO...", TODOS PENSAM, "... CONSIGO AGUENTAR UM ANO." A MAIORIA DELES ESTARÁ MORTA ANTES DISSO.

MINHA PARTE FAVORITA DE VIAJAR É VER COMO O CÉU SEMPRE TEM ESTRELAS NOVAS. O MAIS PROVÁVEL É QUE ALGUMAS SEJAM AS MESMAS, MAS TUDO PARECE DIFERENTE DE UM NOVO ÂNGULO.

JÁ SÃO QUATRO DIAS NA SELVA. ESTOU BEM CONTENTE DE TER TRAZIDO MEU VIBROFACÃO.

ESTOU PRÓXIMO DAQUILO QUE VIM BUSCAR. ATÉ SINTO UM FRIO NA BARRIGA. E QUEM VAI DUVIDAR COM UMA BARRIGA DESSAS?

SEIS DIAS, DUAS PICADAS DE COBRA E MAIS MORDIDAS DE GNAT DO QUE POSSO CONTAR. MAS TÃO CLARO QUANTO A LUZ DO DIA É O FATO DE TER UM UM CENTRO DE PROCESSAMENTO DE MINÉRIOS DA AURORA ESCARLATE DESCENDO AQUELE VALE.

TRANSPORTADORES DE PEDRA SAINDO E VEÍCULOS DE PASSAGEIROS CHEGANDO COM MAIS TRABALHADORES PARA ALIMENTAR A MÁQUINA.

TIVE QUE SER SORRATEIRO, MAS, NA PARTE MAIS AFASTADA DA FÁBRICA DE PROCESSAMENTO, ACHEI UM GRUPO DE SILOS HEXAGONAIS, COMO UMA COLMEIA. É UMA CLÍNICA CLANDESTINA DE MODIFICAÇÃO GENÉTICA.

GRAVEI ALGUMAS CENAS COM MEUS MACROBINÓCULOS. POBRES COITADOS. MÃOS TRANSFORMADAS EM PÁS. NARIZES E BOCAS TROCADOS POR BIOMALHAS PARA FILTRAR TOXINAS. OLHOS GRANDES COMO BANDEJAS PARA CAPTURAR A POUCA LUZ QUE CHEGA ÀS PROFUNDEZAS.

Não é minha melhor obra, confesso. Mas por que desperdiçaria meu talento em assalariados de facção?
—Dr. Evazan

GRAVANDO // ZOOM 40X

ATÉ OS KAMINOANOS TINHAM CERTO ORGULHO DO SEU TRABALHO, MAS A AURORA ESCARLATE SÓ QUER CRIAR MINEIROS MAIS EFICIENTES E OS EXAURIR ATÉ A MORTE. SABE-SE LÁ QUE TIPO DE AÇOUGUEIROS ELES CONTRATAM.

NÃO CONSIGO SALVAR TODOS. SOU UMA PESSOA SÓ. NÃO CONSIGO NEM SALVAR UM DELES QUE SEJA.

OK, OK. MAZ ESTAVA CERTA. TENHO O CORAÇÃO MOLE. VOU VOLTAR PARA O ESPAÇOPORTO COM MINHAS GRAVAÇÕES, MAS DESSA VEZ ESTOU LEVANDO UM AMIGO.

O SUJEITO NÃO CONSEGUE FALAR — PELO MENOS NÃO COM CLAREZA SUFICIENTE PARA QUE EU ENTENDA —, MAS SABE O QUE ACONTECEU COM ELE DE QUALQUER FORMA.

SEI QUE ROUBAR UM TRABALHADOR NÃO FARÁ DIFERENÇA ALGUMA PARA A AURORA ESCARLATE. MAS EU ACHEI QUE FARIA DIFERENÇA PARA ESSE CARA.

NOITE PASSADA, TUDO O QUE FIZEMOS FOI FICAR DEITADOS POR HORAS, OLHANDO ATRAVÉS DE UMA RACHADURA NO TETO. ELE GOSTA DAS ESTRELAS.

CHEGAMOS AO PORTO ESSA MANHÃ E MANDEI MENSAGEM PARA UM PARCEIRO EM CORUSCANT. EM SE TRATANDO DE POLÍTICOS, ELE É UM DOS BONS. VAI ENVIAR UMA NAVE PARA BUSCAR MEU NOVO AMIGO JUNTO COM OS DADOS DE OBSERVAÇÃO, PARA ENTÃO LEVAR TUDO AO CONSELHO DE VIOLAÇÕES DE TRABALHO DO SENADO.

NÃO SOU INGÊNUO AO PONTO DE ACHAR QUE ISSO VAI ACABAR COM AS FACÇÕES NEM NADA — NÃO QUANDO ELAS SÃO A COISA MAIS PRÓXIMA DE UM GOVERNO FUNCIONAL EM ALGUNS SETORES. MAS DEVO PÔR UM FIM NESSE LABORATÓRIO DE SHOW DE HORRORES, O QUE TORNA ESSE DIA ESPECIALMENTE BOM.

Isso está me lembrando de algo. Deveria mostrar isso para... Deixa pra lá. Ela não quer falar comigo. —Han

Tyro Viveca

Chega de tudo isso. Besalisks têm a esperteza de crianças. Só imagino que mover quatro braços deve demandar o dobro do cérebro esponjoso deles!

O espécime em questão, Dexter Jettster, com quem tomei um drinque no Repouso de Rasher, não era diferente. Só espero que ele tenha aprendido uma lição sobre deixar suas coisas por aí, sem ninguém de olho, enquanto vai ao banheiro.

O livro que ele tinha me intrigou. Preenchi a última página do meu diário de bordo Vandor ontem, então este daqui vai servir de substituto.

Deixa eu começar uma página nova.

Tyro Viveca

Xenonaturalista, ensacador de animais raros, preservador de áreas de caça, domador de predadores e amante da vida selvagem

REGISTRO 1

À medida que espalho minha fama e aumento minha fortuna, essa jornada perigosa me traz das selvas de Athus Klee para as profundezas mais escuras de Kashyyyk. Aqui seguirei a ardilosa besta das lendas e tradições que tanto atormentou os naturalistas por gerações a fio: o terentatek.

Mas isso acaba agora! Esse safari terminará com Tyro Viveca levando um espécime em tamanho real para preservação taxidérmica. Salvo isso, a cabeça vai servir, disposta em uma placa inscrita com meu nome e o calibre da arma que usei para derrubar a fera.

MINHA CAÇA

O TERENTATEK NA MINHA POSIÇÃO PREFERIDA PARA EMPALHAR. TALVEZ COM AS GARRAS LEVANTADAS.

REGISTRO 2

Comprei uma passagem em uma nave a vapor de um Ugor a caminho do mundo Wookiee. É um desafio aguentar o fedor emanando desses sacos disformes de gosma. Não tem quase espaço para um cérebro dentro dessa bagunça gosmenta!

Três dias nessa lata de sardinha já. Falando bem devagar e em alto e bom som para que o capitão talvez entenda, perguntei quando a nave aportaria em Kashyyyk. A criatura bateu no meu datapad com um pseudópode imundo, soletrando a palavra "LOGO".

Melhor que fosse mesmo. Estou sedento por praticar o mais nobre dos esportes, e minha paciência está acabando.

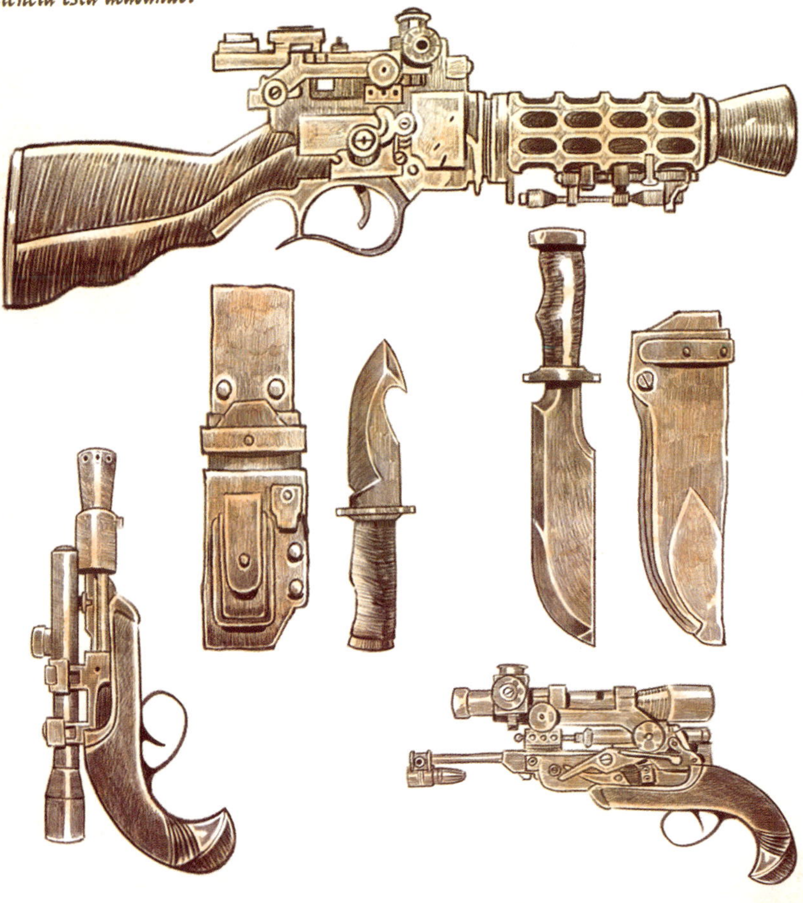

REGISTRO 3

Hoje pisei em terra firme novamente, isto é, a pista do espaçoporto Thikkiiana em Kashyyyk.

O domínio do Imperador convém a um lugar chucro assim. O porto é limpo e eficiente, e os estatutos anticaça da República foram anulados no planeta todo. Vida longa ao Imperador é o que digo! Que deixem a vida selvagem ser selvagem de fato.

REGISTRO 4

Dez quilômetros para além da linha da floresta e já encontrei almas amigas. Neste acampamento de temporada, trandoshanos estão montando uma caçada por peles e couros cabeludos de Wookiees. Uma bela caçada, eu diria!

Depois de comparar armas ~ minha Drearian contra a Tenloss do mestre de caça ~, compartilhamos causos junto à fogueira. Descobri que um grupo anterior de trandoshanos, ávidos por alguma distração, tinha cavado um buraco e o cercado com estacas afiadas. A pedido meu, os trandoshanos esvaziaram as gaiolas no buraco, libertando ali dois animais ensandecidos.

ARENA IMPROVISADA PELOS TRANDOSHANOS

As bestas furiosas avançaram uma contra a outra: a primeira, rastejadora e serpentina, com pinças gotejantes; a outra, furtiva e eriçada, com garras curtas e orelhas comicamente grandes.

Que baita diversão! Lançamos nossas apostas a um homem, e ganhei o prêmio ao prever o fim da besta eriçada em no máximo dois minutos. Sou o tipo de pessoa que já viu caçadas de bursa em Ohma-D'un e rinhas de monstros em Geonosis, e um verdadeiro caçador sempre reconhece o instinto assassino.

TRÊS SALVES AOS ESPORTES DE ARENA!

Concordo! Ponda, achei uma alma amiga.
—Dr. Evazan

REGISTRO 5

Os trandoshanos ficaram bem para trás agora. Ainda nada do terentatek.

Antes de acampar, incinerei um ninho de sureggis jovens para que a mãe deles não me visse como uma ameaça à ninhada. Sem ninhada, sem ameaça. A mente simplória do animal!

REGISTRO 6

Rastros de terentatek encontrados na parte baixa da copa da selva. A luz solar não chega tão fundo assim, mas os fungos luminosos são o suficiente para iluminar o meu caminho.

Esse terentatek é esperto, mas nunca enfrentou um caçador como eu. Tudo isso estará acabado em breve.

Propriedade de: Hondo Ohnaka

Ora, o que acometeu este pobre homem? Quem pode saber? Seu destino só compete a ele, contanto que não venha buscar pelo seu diário. Te digo, nem todos sabem que a cidade de Thikkiiana tem um posto de achados e perdidos! Toda vez que passo por esse caminho, faço uma visita durante o turno da tardezinha e me anuncio: "Sou eu, Hondo Ohnaka." E a pessoa do balcão, tão gentil e pouco reconhecida, me deixa sair de lá com o suficiente para encher um hovertank.

Um diário não vale como um hovertank cheio, mas saí com este mesmo assim. Fazer o que com isso, me pergunto.

Minha doce mãe sempre me dizia: "Filho, pegue tudo o que puder, mas, se não puder usar, por que pegar?" E uma folheada por essas páginas me dá uma sensação de que bom proveito ainda está por vir. Pois até o grande Hondo Ohnaka reconhece o valor do nome Maz Kanata. Tesouros enterrados e grandes segredos — muitos pagarão uma nota por conhecimentos como esses aqui dispostos.

Seria este um livro falso, para tirar créditos dos tolos? Acho que não, mas ele está me inspirando a um novo plano de negócios.

"Quanto vale um item? Quanto o comprador achar que vale." Minha mãe, abençoados sejam seus chifres. Vejo fortunas caindo dos céus!

É como minha mãe sempre dizia: "A sorte favorece quem se prepara." E, portanto, estou de volta a Florrum, onde a ralé da gangue Ohnaka não larga as garrafas.

Que momentos tivemos, lá atrás na Guerra dos Clones! Naqueles tempos, desordem significava oportunidade. Comandei um grande império e até tive o Conde Dookan como refém. Um resgate de 1.000.000 créditos foi pedir demais? Só tenho sonhos grandes!

Aqui em Florrum é onde vou encontrar meu mestre falsificador, Bar, o Patife, no Porão da Penitência da Igreja da Percepção Infinita. A vida criminosa inspira a autorreflexão em alguns, sobretudo nos anos mais avançados de vida. Sorte minha que não fui acometido pelo mesmo mal!

Bar, o Patife, empenhado em uma cópia ou refletindo sobre a vida — nunca se tem tanta certeza hoje em dia.

— Hondo Ohnaka

Os ensinamentos da minha amorosa mãe, tão calorosos e proveitosos, nunca falharam. Me parece que outros podem se beneficiar do exemplo de Hondo Ohnaka caso eu compile essas observações em um livro e dê um preço justo a ele.

Possíveis títulos para o livro?

O Códice de Ohnaka

O Livro de Hondo

Sabedoria Weequay e Aforismos Selecionados, compilados pelo Capitão Hondo Ohnaka

Palavras têm valor, não é? Qual o valor de mercado delas?

Só não saia pisando nas Crônicas de Calrissian. —Lando

Saio de Florrum com outra vitória. O triunfo de Hondo Ohnaka continua a passos largos!

Bar, o Patife, não tinha a intenção de abandonar sua ordem religiosa — nem por créditos, mulheres ou fama. Bebidas? Aí já é outra história.

"TUDO ESTÁ À VENDA, NEM SEMPRE POR DINHEIRO."

–*O Livro de Hondo*

Estou com meu caro amigo Bar, o Patife, e já estamos a meio caminho de Balmorra.

Ele não falsifica um documento há anos, mas hoje testou sua mão ao reproduzir manuscritos deste próprio diário. Agora mesmo está dormindo, largado no chão da cabine, fazendo sons indecifráveis com a boca.

ANEXO: BAR_PATIFE_249X23

O Reserva de Whyren que tenho a bordo é a única coisa que tranquiliza a inquietude dele. Durma bem, meu amigo, e que essas garrafas nunca se esvaziem.

"COMIDA, BEBIDA E COMPANHIA: CRÉDITOS PODEM COMPRAR OS TRÊS."

—*O Livro de Hondo*

Ah, Balmorra. É um lugar feio coberto por uma película pegajosa. Ainda assim, é aqui onde encontrarei a Marquesa. Veja, necessito de alguém para manipular a rede Undervine, uma tarefa que suspeito requerer o toque sutil de uma mulher em particular.

Se tudo correr como planejado, e não vejo por que não correria, Bar, o Patife, completará três falsificações de diários de bordo. A Marquesa contatará compradores na Undervine anônima e combinará três leilões. Quem fizer ofertas não saberá dos leilões concorrentes até muito depois de os créditos já terem passado para as minhas mãos.

Toda quebra de seção = 128 picounidades sob a escala retrorrítmica de Giju. Coloquei isso nos meus cálculos.

— Mestre Decodificador

No mercado dos Fundilhos em Balmorra, encontrei uma das lojas que vendem animais por créditos.

Nenhuma criatura me impressionou, e eles tinham apenas um macaco-lagarto kowakiano. Não o comprei, pois não gostei da maneira que ele olhou para mim.

> "NUNCA CONFIE EM NINGUÉM MAIS CHARMOSO QUE VOCÊ."
>
> –O LIVRO DE HONDO

A Marquesa, ela não estava feliz em me ver. Acredita nisso? Ela, empregada como uma avaliadora de riscos, e eu, Hondo Ohnaka, portando uma garantia de aventura. Minha beleza, isso é algo que ela deveria ter levado em conta também!

Lamentavelmente, a Marquesa tornou-se sem graça demais para perceber meu charme. Ela se juntou à minha equipe, mas só depois de negociar uma participação de 30%. Não importa. A riqueza será para todos!

> "SÓ UM TOLO ACEITA A PRIMEIRA OFERTA."
>
> –O LIVRO DE HONDO

Hoje a Marquesa lançou a isca. O primeiro leilão do *Diário de Maz Kanata* (completo com certificado de autenticidade) ocorrerá no sótão panóptico acima do cassino na Âncora de Zirtran.

Esse recinto é com certeza o mais vigiado de todo o Cinturão de Phosphura. Quem tentaria uma gracinha em tal lugar?

As ofertas começam em 75.000 créditos, já que tive que pagar 5.000 créditos só para alugar a sala.

> "APARÊNCIAS SÃO NOVE DÉCIMOS DA VERDADE,
> E O CHARME COBRE O RESTO."
>
> *-O Livro de Hondo*

A nave está aportada, a sala está pronta. Às 16h30, o leilão começa. Termina às 17h30, quando nossa reserva chega ao fim.

Estão presentes agentes do Clã Rang, do Cartel Xrexus e da Destilaria BarrilNova (uma empresa de fachada dos Hutts).

Bar, o Patife, vai se passar por especialista em documentos raros. A Marquesa será uma segurança convincente.

Quanto aos comes e bebes, eu tinha seis garrafas de Reserva de Whyren antes de Bar encontrar a chave do depósito. Agora só sobrou metade de uma garrafa. Mas pequenas doses são um sinal de refino!

Assim que o leilão terminar e os créditos forem transferidos, saltaremos para o próximo leilão no sistema de Boro-borosa.

> "FIQUE LIGEIRO, POIS A RAPIDEZ PODE FUGIR DA SUSPEITA."
>
> *-O Livro de Hondo*

ATENÇÃO, GOLPISTAS: ALGUNS DE NÓS CONSEGUEM RECONHECER RELÍQUIAS FALSIFICADAS SÓ DE OLHAR. ESSA GRADUAÇÃO EM XENOARQUEOLOGIA NÃO É SÓ PARA CONTAR VANTAGEM.
—APHRA

Antes que me culpem, gostaria de dizer que não tinha como saber que o Clã Rang levaria um autenticador de documentos. Tampouco poderia prever que Bar, o Patife, escreveria tantas palavras tão mal! Inclusive "Maz Kanata", me parece. Vocês cobram demais de Hondo Ohnaka, interrogadores imaginários.

A parte boa é que eu tinha me preparado para uma catástrofe. Ao primeiro sinal de um blaster, a Marquesa torceu seu pescoço para ativar as engrenagens de seu capacete. As telas nas paredes piscaram em branco ao mesmo tempo, cegando todos que não tinham fechado os olhos. Uma pena que o Cartel Xrexus tinha trazido um droideka.

Nos apressamos para o turboelevador, mas aquela confusão se alastrou pelo corredor e se abriu em posição de ataque, perto o suficiente para eu sentir o ozônio dos canhões carregados.

Naturalmente, fechei as portas do turboelevador tão logo entrei. Deveria tê-las deixado abertas para os outros? Quem se beneficiaria se eu perecesse?

> "SEJA LEAL AOS SEUS PARCEIROS, ATÉ QUE PARCEIROS MELHORES APAREÇAM."
>
> –O Livro de Hondo

Além disso, nem era tão grande lá dentro, amigos. Talvez não fosse grande o suficiente para caber três com conforto. Culpe o designer daquele turboelevador.

De repente, estou feliz por ter recusado o esquema de Hondo para procriação de shaaks no Aglomerado Cron. —Lando

Como temia, as notícias da falsificação correram na Undervine. Esse tipo de trabalho já não é mais lucrativo. Hondo Ohnaka precisa buscar uma nova fortuna, e logo.

> "10 CRÉDITOS HOJE SÃO MELHORES QUE 100 CRÉDITOS AMANHÃ."
>
> –O Livro de Hondo

Entre os pertences de Bar, o Patife, achei uma pedra polida que ele usava para meditar sobre os ensinamentos da igreja. Obtive um estado semelhante de iluminação quando levei a pedra comigo aos bordéis de Krafene. Foi ali que previ que Hondo Ohnaka se tornaria... um pirata! Outra vez!

Tenho minha nave, só preciso de uma tripulação. Quem dispensaria a oportunidade de conquistar tal glória? Agora é bem evidente que obter um macaco-lagarto é essencial, pois preciso estar apresentável.

Céus abertos e bons negócios estão por aí e esperam por Hondo Ohnaka!

> "TUDO É QUESTÃO DE PERSPECTIVA."
>
> –O Livro de Hondo

VOCÊ TEM UM BOM OLHO PARA DESCOBRIR tesouros, Gunda, mas estômago nenhum para matança." Essas são as palavras que o Capitão Carabba me dizia todo dia, desde quando eu era uma mirrada cria de cabine até muito depois de assumir como tripulante. Ele ainda falava quando silenciei para sempre seus lábios com uma lâmina logo abaixo das costelas. Sem estômago para matança? As entranhas dele no convés contavam outra história.

Ainda assim, Carabba estava certo sobre a outra coisa – um bom olho para tesouros é algo que tenho, sim. É por isso que peguei este diário do saque que fizemos àquele parasita do Hondo Ohnaka. Ele é daqueles que só brinca de ser pirata, pois sabe bem o que significa ser um de verdade.

Um registro do saque obtido daquele cretino desafortunado, Hondo Ohnaka

Coaxium: 32,5 unidades
Pérolas de ônix: 80g
Vibrolâmina serrilhada
Pistola blaster DX-13
Elixir da Graça de Omwat
Fino colete de oro-malha adornado com lã de nerf
Módulo de biocomputador Rhem-Orm
Espelho de mão de cromo
Reserva de Whyren, 16ª safra (meia garrafa)

Poupei Ohnaka de ser lançado no vácuo. É melhor que seja um aviso em carne e osso para todos que navegam pelas rotas especiais: cuidado com a Garra Flamejante e com Gunda Mabin, capitã do *Ossuário Sangrento* e mestre de outra centena de naves!

É curiosa esta coleção aqui. Não dou a mínima para as baboseiras do Ohnaka e ainda menos para qualquer coisa escrita por esses vermes. Mas o nome no começo me paralisou. A rainha pirata de tempos passados: Kanata, a Saqueadora; Kanata, a Benevolente. Ela, que teve o controle de mais de mil portos quando a República era coisa nova.

Com os inimigos que tenho, não posso nunca passar pela sua porta em Takodana, não se eu quiser sair dali viva. Mas pelas sete bestas – o que tenho em mãos é ainda melhor. Kanata da Frota Livre fala direto comigo a oceanos de séculos de distância.

Nossa rota está decidida. Toda a tripulação se reunirá. Nesta madrugada, partimos em direção ao tesouro de Maz Kanata!

QUINTO CICLO SIDERAL, DIA 23

Não conquistei o direito de obter essa riqueza? Claro que sim, desde o dia que coloquei o chapéu negro de Carabba.

Zarpamos para as luas de Moldour, enquanto outras naves da minha frota têm ordens de aterrorizar os mercadores ao longo do exterior da Via Hydiana e até os fins da Extensão Ashcan. Isso é para manter o Império ocupado em outros lugares, para que seus agentes não coloquem os olhos sobre o *Ossuário*. Também deveríamos enganar os Bucaneiros de Dharus, só para ter certeza! Não vou compartilhar tesouro nenhum com aqueles ratos febris.

QUINTO CICLO SIDERAL, DIA 31

Doze horas atrás, Punter me acordou de onde eu dormia. Ele ficou repetindo "Capitã!" com seus sons estridentes e insuportáveis dos chadras, fazendo Rosallia grasnar de tristeza em seu poleiro.

O *Ossuário Sangrento* tinha apresentado um vazamento. Estávamos vazando coaxium desde o Porto de Ottega. A não ser que reagisse logo, antes mesmo da troca de turno minha magnífica nave poderia estar fria como um asteroide entre estrelas.

O modo de falar pirata não pode ter evoluído das línguas de contato da antiga Paécia. Incluí isso nos meus cálculos. — Mestre Decodificador

Agarrei o leme e, sob minhas mãos, o *Ossuário Sangrento* foi arrastado para fora do hiperespaço, em direção ao trecho mais movimentado do Istmo dos Mercadores Atrianos. Nossos indicadores queimavam em vermelho. Punter estava em pânico, de olho no grau do vazamento de coaxium. Manobrei a nave com força e precisão, me alinhando a um iate estelar Ghtroc que nunca mais veria os prazeres de aportar.

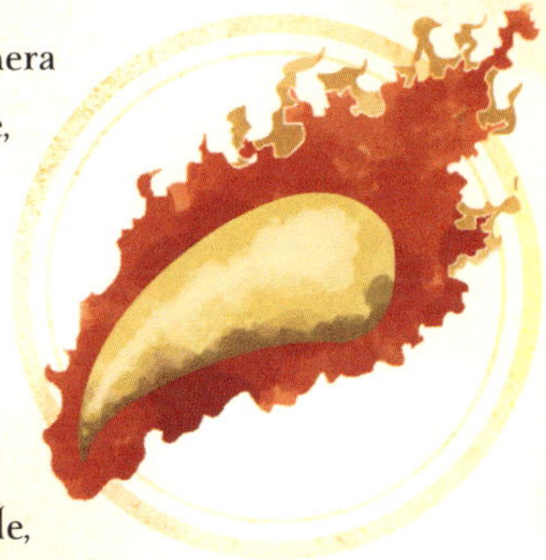

"Pisquem as cores e prontos para atirar!", urrei. A holocâmera invocou a imagem de uma fantasmagórica Garra Flamejante, combinando com aquela representada na nossa proa e popa.

O *Ossuário Sangrento* disparou contra a lateral da fuselagem da nave. Uma barragem de disparos se espalhou pelos escudos do inimigo, partindo-os em certos lugares. Guiei o *Ossuário Sangrento* até próximo do alvo, enquanto Hawson abria a escotilha a estibordo. Usando seu braço droide, Tar Bonitão jogou queimadores de magnésio através do campo magnético que se mantinha firme contra o casco do iate, delimitando um círculo de dois metros. Estreitei meus olhos quando os sinalizadores acenderam. Um disparo de um trabuco de pólvora derrubou aquele pedaço de casco para dentro, e nosso grupo de abordagem seguiu logo atrás.

Depois de um tempo, o transponder do iate mudou o sinal para Zeta Zeta Zeta, o indicativo de Hawser de que a luta tinha acabado. Nuvens brancas de bomba de efeito moral pairavam no ar. Alguns dos tripulantes mais imprudentes do iate estavam em pedaços, picotados habilmente pelas mãos de Grullbug. Com a nave em um estado tão deplorável, eu nem precisaria tirar o frasco do meu bolso e acender o fogo-ligeiro que cobriu minhas presas com uma chama esverdeada, mas uma rainha pirata sagaz tem que manter a sua infâmia.

O capitão do iate suplicou por sua vida, o que lhe rendeu um passeio para fora da escotilha. Os demais entregaram logo os códigos de segurança para o coaxium da nave.

Agora eles esperam por resgate a bordo de uma embarcação escura e silenciosa, repassando o encontro com Gunda Mabin e seus piratas infames. E assim minha lenda cresce.

QUINTO CICLO SIDERAL, DIA 33

O *Ossuário Sangrento* está de pé, são e salvo. Minha nave devora coaxium, e uma chapa de convés soldada é um bom reparo para o reator. Foi um triste fim para Punter, se curvando sob a radiação enquanto terminava o trabalho. Quem sabe ele não devia ter acordado sua capitã quando ela estava descansando dos deleites na noite anterior?

QUINTO CICLO SIDERAL, DIA 35

Do leme, o navegador Puckwale informa que chegaremos em Moldour 14 pela manhã. Então o tesouro de Maz Kanata será meu.

Vou superar o legado dela. Serei para sempre a Rainha Pirata da Orla Exterior.

QUINTO CICLO SIDERAL, DIA 36

Eu deveria ter suspeitado de que outros reconheceriam o valor destes registros e saberiam que eu nunca me renderia enquanto meu corpo ainda respirasse. No momento em que coloquei o *Ossuário Sangrento* em uma órbita de Moldour, Fiddich Retalhado puxou uma pistola de seu casaco.

"Agradecemos pela carona, Capitã." Ele realmente achava que eu seria seu mero serviço de transporte, que desistiria tão fácil? Que *ele* obteria aquele tesouro? Que ele fosse o capitão da minha nave? Uma tripulação só é boa mesmo se for dispensável. Seis dos meus estavam agora com ele, e os outros nao deram um pio. Ali eu vi que Fiddich tinha perdido sua aposta.

Dei um passo à frente. Fiddich instintivamente deu um passo para trás. Sua face carregava as cicatrizes da Queimadura, quando Carabba enfiou o cano de um blaster contra a bochecha dele e arrancou a pele da carne. Eu conseguia ver no seu olhar que para sempre Fiddich temeria o verdadeiro poder. Mesmo assim, se aprumou e firmou seus pés. Nos encaramos enquanto minha língua buscava meu molar falso. Esmaguei o dente de vidro, que se partiu, liberando o amargo fogo-ligeiro na minha boca, sedento por oxigênio.

Exalei, cobrindo os conspiradores com fogo verde. Enquanto eles se jogavam ao convés, meus tripulantes leais puxavam suas lâminas. Sem julgamento nem cerimônia – somente um expurgo de amotinados. Todos menos Fiddich, o qual amarrei na força eu mesma.

Corpos preservados no vácuo. Imagine o que eu poderia fazer com eles! Ponda, temos que fazer amizade com piratas!
—Dr. Evazan

QUINTO CICLO SIDERAL, DIA 37

Levantemos nossas canecas à fortuna e as esvaziemos à vitória! O primeiro dos tesouros de Kanata repousa sob o casco do *Ossuário Sangrento* – um tanque brilhante de meleenium, hiperbárides e cristais prismáticos.

Colocamos os droids para escavar assim que Poppy encontrou o buraco certo na ilha correta em Moldour 14. Os raios do amanhecer revelaram o brilho do metal no fundo da fossa arenosa.

Morde-Pele destravou o cofre e um dardo-sabre voou em seu pescoço. Mas as demais armadilhas falharam em disparar.

Manobrei o *Ossuário Sangrento* para longe de Moldour, com pedras corusca balançando em meus bolsos e rindo do restos mortais de Fiddich pendurados de um canhão frontal. Quando o *Ossuário* se lançou ao hiperespaço, os ossos de Fiddich se espalharam pelo vácuo assombrado por feras.

Nãaao!
—Dr. Evazan

QUINTO CICLO SIDERAL, DIA 41

Hoje seguimos nossa rota para o segundo tesouro de Kanata. Contudo, uma sombra no sensor de popa vem me preocupando. Temo que sejam os Bucaneiros de Dharus seguindo nosso rastro. Não permitirei que roubem meu prêmio.

QUINTO CICLO SIDERAL, DIA 43

Nosso perseguidor se aproximou o suficiente para se mostrar, mas não é pirata de Dharus nenhum. Hawson diz que é um corsário recebendo do governador do setor de Maldrood. Um pirata no contracheque de outro é um verme da pior espécie.

QUINTO CICLO SIDERAL, DIA 45

Não fugiremos de alguém como um corsário, nem por um dia sequer. Ajustamos a mira e preparamos os canhões para atirar.

Esse daí quer lutar. Então vamos lutar. A Rainha Pirata Gunda Mabin não foge.

POR SÉCULOS, AS LUAS DE MOLDOUR FORAM O LUGAR PREFERIDO PARA GUARDAR NOSSAS COISAS. É DIFÍCIL DE ENFIAR UMA PÁ NA TERRA SEM BATER EM ALGO METÁLICO. —APHRA

KRASTIC TARTA, O TERROR PROLIFERANTE

ESSAS PALAVRAS SÃO MAIORES DO QUE QUALQUER PALAVRA NESTE LIVRO ATÉ ENTÃO. ELAS SÃO MAIORES DO QUE QUALQUER PALAVRA JAMAIS SERÁ!

UM ESCRAVO LEU ESTE LIVRO PARA MIM. OUTRO ESTÁ ESCREVENDO AS PALAVRAS QUE EU DIGO. PODERIA FAZER TUDO ISSO EU MESMO, MAS POR QUE FARIA? TENHO ESCRAVOS E DINHEIRO.

O QUE QUERO É MAIS PODER. VOU FICAR COM O LIVRO.

NINGUÉM VAI ENCONTRAR OS TESOUROS, NEM SER MAIS ESPERTO E RICO QUE KRASTIC TARTA — ESPECIALMENTE OS ZYGERRIANOS. ELES FICARÃO AQUI COM A *AURORA ARKANIANA*.

SOU O MESTRE DE ESCRAVOS DA *AURORA ARKANIANA* E NÃO VOU SAIR DESTE PLANETA AINDA. DECIDI QUE TEM RIQUEZA POR AQUI.

OS DESTROÇOS DE UMA NAVE PIRATA E DE UM SAQUEADOR CORSÁRIO SÃO OS MOTIVOS PELOS QUAIS PAREI NESSE CANTO APODRECIDO SEM NOME, EM PRIMEIRO LUGAR. O SINAL DE EMERGÊNCIA DESSE CORSÁRIO, PEDINDO SOCORRO POR TODAS AS DIREÇÕES! SEM SE IMPORTAR SOBRE QUEM ESCUTA E SEM SABER QUE TIPO DE PESSOA QUE ATENDE AOS CHAMADOS DE AJUDA POR ESSAS BANDAS.

CHEGUEI AQUI ANTES DOS ZYGERRIANOS, MAS NÃO ACHEI NINGUÉM VIVO EM NENHUMA DAS NAVES. NADA DE NOVOS ESCRAVOS. SÓ ESTE LIVRO E UMAS PEÇAS DEPENADAS PARA DESMANCHE.

MAS OS CAPATAZES VIRAM ALGO ESTRANHO. TRABALHANDO JUNTO DOS ESCRAVOS TINHA OS PÚRPURAS. NOVA ESPÉCIE: SEIS BRAÇOS, PELO GROSSO, PERNAS LONGAS, OLHOS GRANDES.

NATIVOS DESSE LUGAR, TRABALHANDO COM NOSSOS ESCRAVOS, FAZENDO O MESMO TRABALHO. TENTANDO AJUDÁ-LOS! É MUITO FÁCIL DE CAPTURAR OS QUE SÃO ASSIM. POR ISSO QUE VAMOS FICAR. SETE VILAREJOS POR AQUI E KRASTIC TARTA PODE INVADIR TODOS EM ALGUNS POUCOS DIAS. OS NATIVOS NÃO TÊM BLASTERS. A CAÇADA VAI SER BOA.

A CAÇADA **FOI** BOA. OS DEPÓSITOS DA *AURORA ARKANIANA* ESTÃO ABARROTADOS. OS NATIVOS SÃO FORTES, MAS SE ENCOLHEM QUANDO LEVANTO MEU PUNHO. ELES NÃO FALAM O BÁSICO, MAS VÃO SER BONS PARA TRABALHO BRAÇAL, RINHAS E TAREFAS SIMPLES.

A *AURORA ARKANIANA* VAI CHEGAR NOS MERCADOS DE ESCRAVOS DE CHALCEDON EM BREVE. OS MAIS FRACOS ESTARÃO MORTOS ATÉ LÁ, RESTANDO SÓ OS FORTES. KRASTIC TARTA VAI CONSEGUIR UM BOM PREÇO PELOS FORTES.

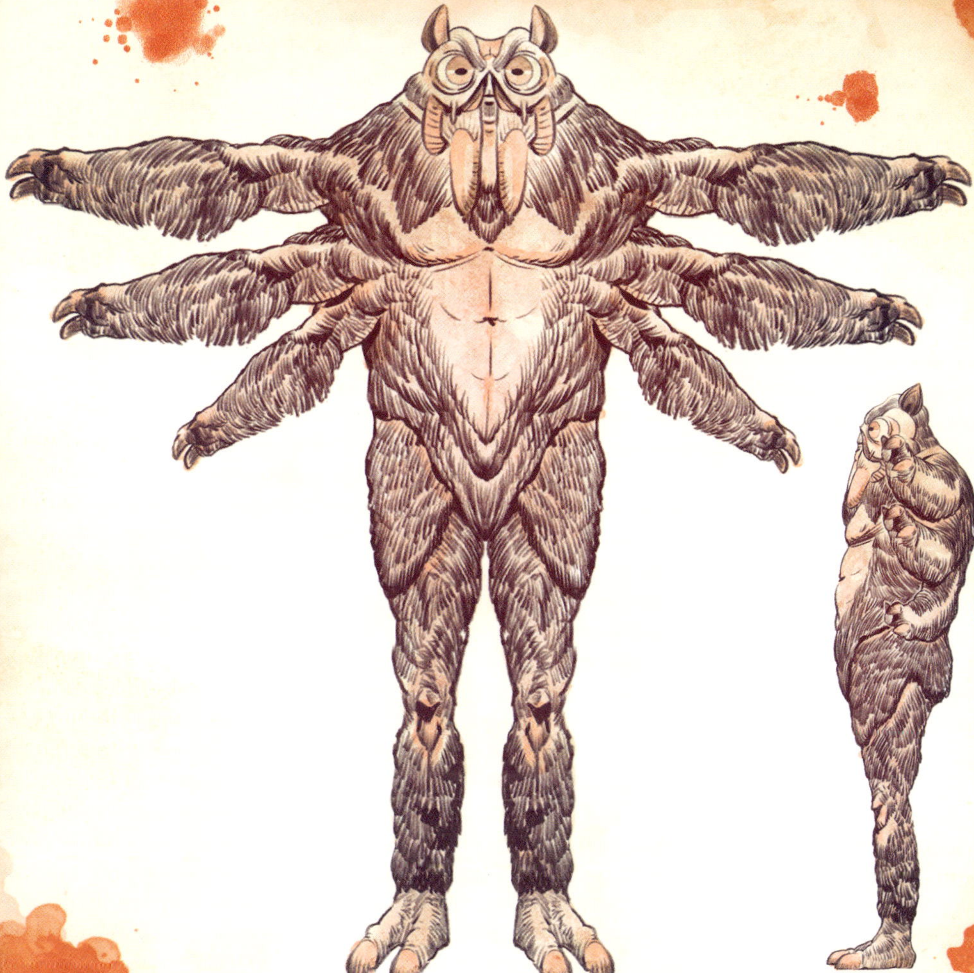

QUE BOM QUE ACHEI ESTE PLANETA. ESTE DIÁRIO ME TRAZ SORTE.

COM O DINHEIRO DOS ESCRAVOS, VOU COMPRAR OUTRA NAVE. E OUTRA. VOU DOMINAR A GUILDA THALASSIANA EM VEZ DAQUELE RANHO DE CACHORRO QUE ESTÁ COMO CHEFE AGORA. VOU ACABAR COM OS ZYGERRIANOS TAMBÉM. TODOS ELES VÃO CONHECER O NOME KRASTIC TARTA, O TERROR PROLIFERANTE.

MINHA HISTÓRIA ESTÁ SÓ COMEÇANDO.

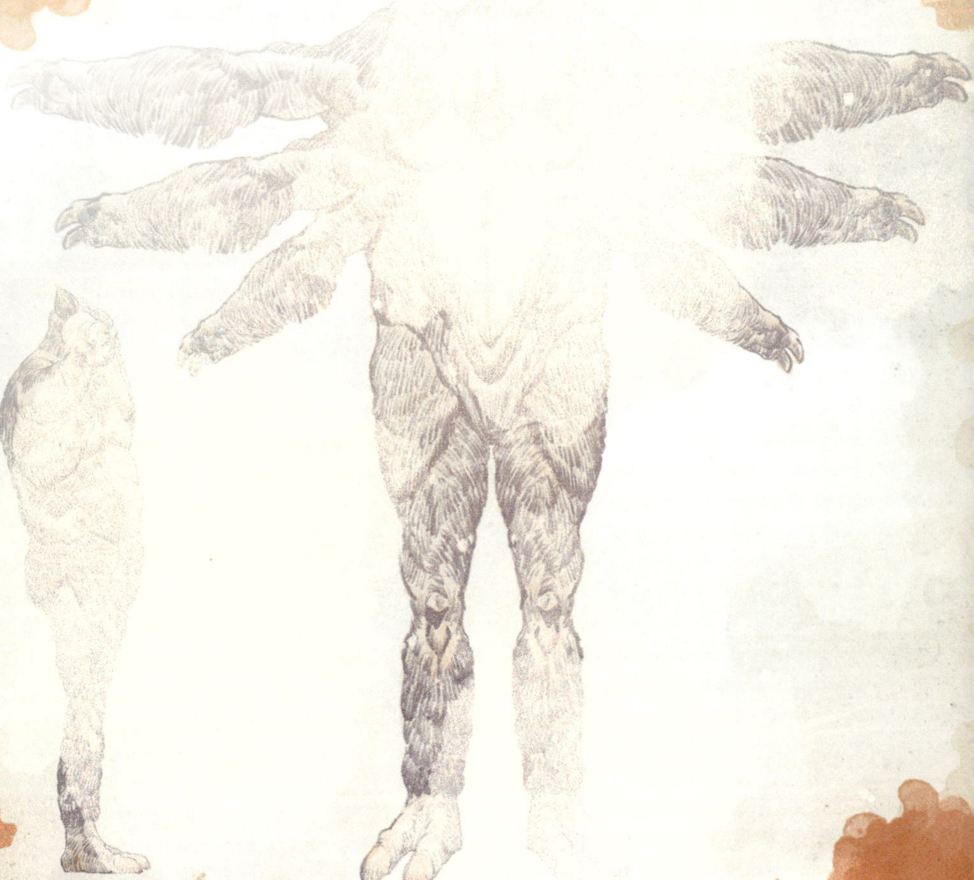

AGLOMERADO VARCINIUS

A coleção mais completa de arte, artefatos, folclore e itens biológicos

BENFEITOR: Varcinius, 72º de sua linhagem

ETIQUETA DE ARQUIVO, VARCINIUS REPOSITÓRIO EM CLERION

Nº DO ITEM: 7883001-112

DESCRIÇÃO: Diário de registros de espaciais (volume único, polímero bifundido e papel)

CATEGORIA: Esotérica

AQUISIÇÃO: Mercado de Cyklo, Chalcedon, setor Tashtor. Fundo de Aquisições Varcinius.

HISTÓRICO DA AQUISIÇÃO: Item encontrado no mercado de escravos em Chalcedon pelo comprador de leilão nº 14 (Coletivo de Leilões e Artefatos Varcinius nº 8) enquanto avaliava espécimes de alienígenas recém-descobertos. Item adquirido de escravistas do Sol Negro, sem custos adicionais, em troca da compra de lote de 22,5kg de marfim de Whiphid (gasto de 52.500 créditos).

HISTÓRICO DO ITEM: Último dono alega ter obtido o item do corpo de Krastic Tarta, um escravista thalassiano também conhecido como "o Terror Proliferante". O cargueiro de Tarta parece ter sido palco de uma revolta de escravos depois de aterrissar em Chalcedon, o que culminou na apreensão da nave *Aurora Arkaniana*. A cadeia de posse anterior do item pode ser presumida a partir dos registros do diário, com suposta origem em Maz Kanata (veja banco de dados Varcinius *Figuras de Nota*, nível Alpha-X).

RECOMENDAÇÃO DE ARMAZENAMENTO: Tábua a vácuo de 35x40cm, cofre cilíndrico de Beskar 551, posição 54.

REGISTRADO POR: Chuppa Chok, escrivão.

Registrando essa informação para o chefe, que disse que deveríamos documentar nossos roubos. Registrar os itens é a única forma de prevenir duplicação de dados e melhorar nossos negócios. Parece ser uma boa maneira de sermos pegos, mas com o resto das coisas neste livro, quem vai se importar com um roubo?

Não sei por que este diário estava guardado no Repositório Varcinius em Clerion, mas já que fomos pagos para roubar todo o hexacofre, acabamos catando essa coisa também.

> **Loonoo, menos comentários e mais conteúdo. Magrão está contatando o cliente para combinar o pagamento. Por favor, use esse tempo para analisar o trabalho da Varcinius e determinar como otimizar futuros roubos. —Gallandro**

Gallandro? Tenho impressão de que ele fazia todo tipo de trabalho antes de assinar com o Setor Corporativo como segurança armado. —Han

A TRIPULAÇÃO:

» Gallandro, chefe (30% de participação)

» Loralynn Wheeler, piloto de fuga (10% de participação)

» Banden Starshaper, decodificador (8% de participação); OBS.: anteriormente dos Demônios de Marso

» Nersiton, cortador (12% de participação)

» Loonoo Honesto, mediador (20% de participação)

» Prokov Magrão, interferência (10% de participação)

» Kilitz e Kling, os Gêmeos, invasores (5% de participação cada); OBS.: cavadores de túnel veteranos na apropriação de terras malkitas

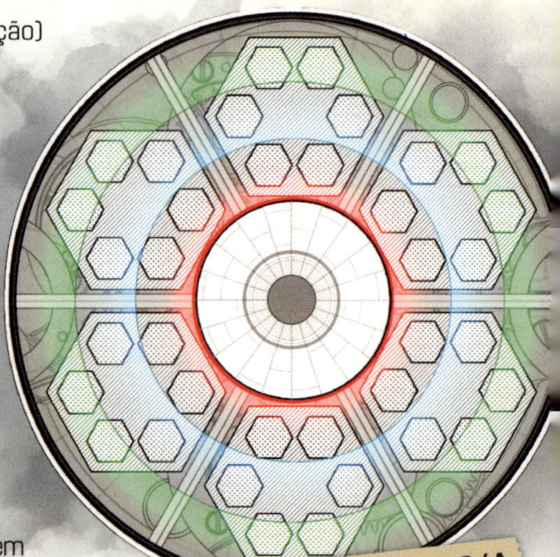

ROUBO DE COFRE VARCINIUS / A

O LOCAL:

Repositório "disco-cofre" da Varcinius em órbita geoestacionária entre camadas de nuvens mesosféricas em Clerion (gigante gasoso sem habitantes em Tion Menor).

Estive procurando por isso!
Quem foi o comprador? —Aphra

O PRÊMIO:

O Codeleach: o esqueleto cravado de joias de um wyrdwyrm de Metellos. 50 cm de altura e sustentado por soldagem de kilrium. Pagamento oferecido pelo cliente: 1.575.000 créditos.

O PRÉ-ROUBO:

Boatos nas redes foram criados pelo Magrão, dizendo que gases aromáticos em pequenos lotes estavam rendendo altos valores de colecionadores criminosos. Depois que o chefe pagou alguns saqueadores devarionianos para um arrombamento, eles atacaram um carregamento de gás a caminho da câmara frigorífica da Varcinius. Alertados sobre a possibilidade de um roubo, os arquivistas da Varcinius em Clerion rotacionaram o Anel C do Hexacofre para uma área de maior segurança perto do centro.

[**Essa ação também rotacionou nosso verdadeiro alvo para a área de menor segurança. Podemos duplicar essa tática com cofres similares. —Gallandro**]

O ROUBO:

Loralynn passou o cargueiro rente à atmosfera do planeta, lançando uma caixa de droides sabotadores antes de manobrar de volta ao espaço. Os droides caíram como um enxame no disco e perfuraram aleatoriamente seu casco. Alguns foram capturados e se autodestruíam com explosões inofensivas quando eram levados para dentro, como planejado. Os rastreadores microscópicos liberados nas explosões começaram a gravar passivamente a temperatura do ambiente, dando a Nersiton as leituras necessárias para programar os trajes dos Gêmeos de forma que eles não ativassem os alarmes térmicos da estação.

Os Gêmeos, lançados da escotilha do cargueiro, caíram por entre as camadas de nuvens e soltaram velas estelares à medida que se aproximavam do disco-cofre.

[**Eles não usaram qualquer tipo de aparelho. A estação estava programada para detectar isso. —Gallandro**]

Os Gêmeos levaram cinco minutos para serrar a grade de saída e outros três para rastejar até o Hexacofre C. Seguindo os diagramas desenhados por Banden em seus antebraços, os Gêmeos desacoplaram o hexacofre e se afastaram enquanto toda a seção caía da estação em direção às nuvens. A dez quilômetros abaixo, Loralynn conseguiu agarrar o hexacofre com o raio trator do cargueiro.

- -

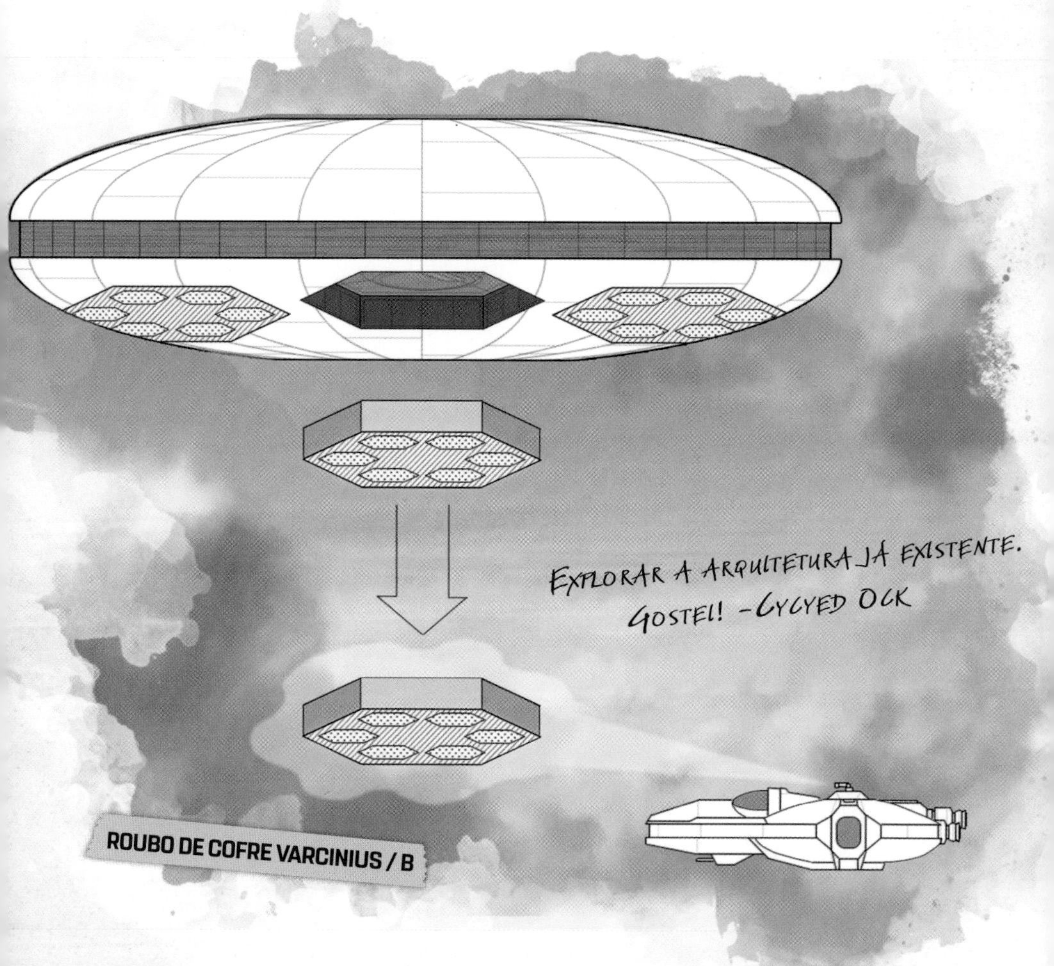

[Após seguirem em queda livre até o mesmo local, os Gêmeos podem ter sentido algum desconforto ao descobrirem que o cargueiro não estava mais posicionado para resgatá-los. Durante a longa queda até o núcleo do planeta, espero que tenham se lembrado do quanto eu disse a eles que não gosto de trabalhar com envenenadores malkitas. —Gallandro]

O chefe diz que já temos outro trabalho combinado. Desta vez, de proteção e fiscalização, ou seja, tenho que arranjar uma nova tripulação.

O LOCAL: Nada de bom acontece em Savareen. —Han

Savareen, na Orla Exterior. Assentamento Dry Gulch no hemisfério sul. Tem uma refinaria independente de coaxium sendo pressionada pela Gangue Bellwing (sem afiliação com organizações criminosas, felizmente).

A TRIPULAÇÃO:

Preciso de pelo menos doze pistoleiros para acabar com a Gangue Bellwing e perseguir quem quer que possa fugir do planeta. Ter uma nave é um diferencial.

[Não mais do que seis pistoleiros, com certeza. Posso garantir que nenhum magrelo da Orla Exterior é capaz de me superar em um duelo. —Gallandro]

O PAGAMENTO:

Só 10.000, mas os locais disseram que vão deixar a gente pegar coaxium bruto.

[Não tinha visto as páginas anteriores deste livro de registros até agora. Supostamente um dos esconderijos do tesouro está localizado sob os desertos de Savareen. Devemos pelo menos investigar isso. —Gallandro]

Sim, aquilo nunca aconteceu e lamento por isso, Gallandro. Você era um chefe razoável na maior parte do tempo.

"Loonoo Honesto", é assim que sou conhecido. O que ele achava que aconteceria quando eu descobrisse que este livro poderia ter algum valor real?

Eu brinco com esse adjetivo de "Honesto". Mas você ficaria surpreso: metade das pessoas leva isso ao pé da letra. A outra metade sabe que você está brincando com elas, mas não consegue deixar de te dar crédito por ser sincero.

Depois de fugir de Savareen com o diário, voltei para Nar Shaddaa. Este é o meu lar, a Lua dos Contrabandistas, mesmo que cheire a lixo e suor de milhares de espécies. O mau cheiro no Setor Corelliano está ainda pior do que me lembro, o que significa que eles não removeram aqueles corpos do Nível 42.

Meu quarto aqui não é grande coisa, apenas uma abertura de ventilação nos subsolos, debaixo de um aquário de restaurante. Acho que meus gatos-costela sentiram minha falta, mas, considerando todos os ossos de rato que tive que tirar da minha cama, acho que eles se viraram bem. Nada de trabalhos longos como aquele último do Gallandro! Vou ficar perto de casa a partir de agora.

Este diário não parece grande coisa, mas aposto que poderia vendê-lo por uma boa quantia, desde que seja mesmo verdadeiro.

Passei a maior parte do dia no espaçoporto. Sou velho o suficiente para me lembrar dos Jedi e das histórias que contavam sobre os Sith. Se a Força equilibra o lado sombrio e o lado luminoso, como dizem, então o restante de nós deve ser dividido entre os espertos e os estúpidos. Na minha experiência, a segunda categoria é muito maior do que a primeira.

Trapaças não prejudicam ninguém, de verdade. Eu ganho dinheiro e eles aprendem a não cair mais em trapaças. Meu golpe favorito, por exemplo: vendo poltronas de aceleração para pilotos espaciais ingênuos e tenho o folheto para provar. Mais cedo ou mais tarde, algum capitão concorda em ficar no pé da rampa de embarque segurando uma ponta de corda enquanto eu seguro a outra para medir o interior de sua nave cargueira. Assim que saio de seu campo de vista, pego tudo o que posso.

Hoje isso me rendeu um livro de certificados de crédito de Aargau e uma garrafa de conhaque de Savareen. Por isso, meus gatos-costela, brindemos aos ingênuos!

Só não tente fazer isso com um agente infiltrado do B.S.I. Lição difícil para tão pouca idade. —Lando

A segurança do espaçoporto de repente começou a prestar mais atenção. Alguém nos cartéis deve ter atrasado um pagamento.

Ainda não recebi nenhuma resposta do meu autenticador se as imagens que enviei deste diário são legítimas. Enquanto isso, meus gatinhos estão chorando. Eu conheço uma loja que vende vitablox por 35 créditos o pacote. Como posso dizer não a tantos olhos brilhantes?

Cinzento

Molly

Mixie

Grish

Fumaça

Este bairro sempre teve gatos-costela, mas aí as lojas começaram a colocar espinhos para afastá-los. Meu cafofo não tem espinhos e sinto que mais gatos aparecem a cada dia.

Por isso que tem tantos gatos-costela soltos no distrito corelliano? Perdi a conta de quantos deixei entrar na minha nave. —Sana Starros

Quando estou tentando dormir, vejo formas escuras nadarem no brilho azul que vem de cima. Enxames de libélulas-agulha se agrupando e krastiks pontudos marchando pela área. O octópode Mon Cal é bem tímido, mas balança seus tentáculos quando é hora de caçar.

O zumbido dos circuladores de água do mar também é agradável. Ajuda a bloquear o ruído repentino dos motores toda vez que os Diabos da Barbatana Sangrenta tiram racha de volta para sua garagem na última hora antes do amanhecer.

Preciso de dinheiro. Pensei em bater carteiras usando o truque do "Desculpe, senhor, sua roupa está suja", mas as chances de levar um soco são grandes. Também não vou fazer aquela fraude de "vender algo e entregar uma versão inferior", não depois da última vez, quando aquele Lasat descobriu cedo demais que sua pepita de Haysian fundido era na verdade uma pedra embrulhada em metal.

Há alguns dias, executei novamente o golpe do restaurante, enviando uma conta médica para uma centena de restaurantes aleatórios e alegando que a comida deles me deixou doente. Desta vez, apenas dois de fato pagaram. Este bairro pode estar começando a desconfiar de mim.

De qualquer forma, consegui dinheiro para comprar os vitablox e ainda sobrou o suficiente para uma tigela de sopa de purlah. No passado, costumava ter uma cabeça de momong cozida dentro, mas em algum momento a substituíram por um pedaço de pão moldado para parecer uma cabeça. Talvez seja melhor assim. Deixei o caldo para os gatos-costela.

Meu pescoço dói mais que ontem, então acabei cedendo e comprei um daqueles elixires no bazar da Estação da Sucata. Mas não senti nenhuma diferença. Aposto que é apenas água da chuva misturada com pó de metal.

Eu pensei que ele fosse um dos verdadeiros, um dos Padawans perdidos que envelheceu, talvez. Sempre é um amargo sabor quando um trapaceiro é enganado.

DEVERIA TER CONFERIDO SALSTA Nº 42, AMIGO. ALGUNS ARTEFATOS SÃO LEGÍTIMOS, MAS VOCÊ PRECISA SABER O QUE ESTÁ PROCURANDO. —APHRA

Eu preciso de um grande golpe para dar conforto aos meus gatos-costela. Provavelmente, o golpe da boca de especiaria.

Bem, o golpe da boca de especiaria está fora de questão, graças a esses dois ingratos.

Lentsch é dono de uma boca no Megaquarteirão 65, e Afflas é uma Zeltron amigável que consegue atrair qualquer viajante do espaço. Então, quando seduz um forasteiro, ela o convida para uma boca de especiaria de aparência agradável e o convence a pedir uma amostra fora do menu. Lentsch traz uma substância inferior e cobra uma conta que é dez vezes mais do que o esperado — junto de um aviso para pagar ou perder um membro.

É um golpe bem simples, mas bom. Na verdade, tão bom que esses dois decidiram que poderiam realizá-lo sem mim. Mesmo que tenha sido minha ideia.

Meu autenticador ainda não me deu retorno, o que pode significar que este registro tem valor e eles decidiram roubá-lo para si. No caminho para casa hoje à noite, percebi alguns rostos me encarando por tempo demais. Não se pode confiar em ninguém.

Tenho certeza de que alguém está se aproximando de mim. Talvez eu precise abandonar esta residência.

Montei explosivos na base do aquário, ligados a um gatilho portátil. Quando eu acionar, o tanque vai se quebrar e inundar o local com 200 metros cúbicos de água salgada.

Meus gatos ficarão bem, eles geralmente aparecem para as refeições de qualquer maneira. E dessa vez eles terão todos os peixes que conseguirem comer!

Sei que Bammy Decree pode me tirar de Nar Shaddaa sem passar pela alfândega, desde que eu pague adiantado. Mas não tenho dinheiro suficiente.

Isso pode ser o fim da linha para este livro de registros, se eu encontrar um comprador que pague em dinheiro vivo.

SKRRLL

(CONTINUO PRATICANDO MINHA MARCA.
BORDAS IRREGULARES = PERIGO!)

EU SABIA QUE FICAR DO LADO DE FORA DO CELEIRO ESPACIAL DO BAMMY ¡A VALER A PENA!

DERRUBEI UM VELHO E PEGUEI SUAS COISAS. ELE NÃO ESTAVA CARREGANDO MUITA COISA, MAS CONSEGUI UM POUCO DE DINHEIRO, ALGUNS LINGOTES DE COMÉRCIO LIVRE, ESTE LIVRO DE REGISTROS E UM CARTÃO DE CLIENTE DAQUELE EMPÓRIO DE ANIMAIS NO NÍVEL 220.

QUASE JOGUEI FORA ESSE ÚLTIMO, MAS ENTÃO VI ESSE PEQUENO PREDADOR SE ESFREGANDO EM MINHA BOTA. UM GATO-COSTELA, ACHO. ME LEMBRA O MEU ANTIGO BRUTUX CAÇADOR.

PARECEU SE APEGAR A MIM. PRECISO COMPRAR MUNIÇÃO PARA O BLASTER, MAS LOGO DEPOIS VOU COMPRAR COMIDA PARA GATO-COSTELA. DEI A ELA O NOME DE "CARA QUENTE".

EPHANT MON

E Masse Goskey

Entrada M.G.A.E.E.M., gravação de Ephant Mon:

- Blaster de caça Herloss HBt-4, 880 créditos
- Canhão rotativo "Moedor" TAU-6-23, 990 créditos
- Repetidora pesada imperial BlasTech, 2.700 créditos
- Repetidora pesada TL-50, 3.200 créditos
- Infiltrador de choque Czerka X-55, 1.995 créditos

MASSE GOSKEY

Não, seu idiota! Quantas vezes preciso te dizer que não é assim que fazemos? Olha só isso! — Goskey

EMPÓRIO DE ARMAS E LOJA DE EXPLOSIVOS

É sempre bom se manter protegido. Economize até 50 POR CENTO em alguns dos nossos itens mais populares, incluindo blasters leves, espingardas de dispersão variadas, armaduras corporais, lanças térmicas e fita detonadora. Entre em contato com o amigável parceiro de Masse Goskey, Ephant Mon, para verificar a disponibilidade.

OFERTA POR TEMPO LIMITADO!

Todos os itens de combate pessoal estão com 25% de desconto na compra de três ou mais. Basta mencionar o código "MASSE" ao comprar.

- Pulverizadores Tantel
- Lanças de força dobráveis
- Manoplas de trituração
- Bastões de eletrochoque
- Vibrofacas dobráveis

Preciso transportar essa mercadoria porque tudo o que pegamos em Nar Shaddaa é ilegal em sessenta e seis setores. Isso significa que temos que vender essas coisas para organizações criminosas: Crymorah, Sol Negro... você sabe bem.

Tenho que obter um lucro enorme com essa transação. Já é ruim o suficiente ter sido arranhado por um animal depois que você bateu naquele malandro de rua em Nar Shaddaa, mas depois disso tive minha pele rasgada por um tentáculo de um octópode em um beco qualquer! Aquele lugar parece o zoológico do Imperador.

Estou registrando estatísticas vitais sobre a carga que pegamos em Nar Shaddaa. Seu hábito de comentar em tudo o que escrevo é uma distração e ocupa espaço desnecessariamente. Muitas páginas deste registro já foram preenchidas, e você não tem orçamento que cubra suprimentos diversos.

- Blaster de dispersão Merr-Sonn Munitions SX-21, 2.250 créditos
- Czerka VT-33d, 1.400 créditos
- Rifle blaster BlasTech E-27, 1.800 créditos
- Rifle-bo eletrificado Lasat CJ-9, 1.100 créditos
- Carabina blaster BlasTech E-9D, 950 créditos
- Carabina blaster SoroSuub TiroRápido 36T, 900 créditos
- Carabina "Limpa-Corredor" Blackscale, 1.100 créditos
- BlasTech F-78 com duplicador, 1.200 créditos
- Carabina blaster BlasTech EE-4, 850 créditos
- Arma vetorial ACP trandoshana, 1.200 créditos

Eu sabia que Maygo Olho de Rolha me enganou! —Sana Starros

Durante nossa troca de armas em Bonadan, comprei uma nova caneta e um saco de saborosas guloseimas finamente trituradas. Poderia ter comprado um livro de registros, mas já comecei a usar este.

- Canhão pesado de laser rotativo Z-8, 3.340 créditos
- Incinerador de armadura Troida LT998, 6.100 créditos
- Blaster repetidor leve Merr-Sonn M-40 Relâmpago, 3.100 créditos
- Canhão repetidor médio Merr-Sonn Mark II, 4.450 créditos
- Blaster repetidor BlasTech F-Web, 8.500 créditos
- Canhão repetidor morelliano MWC-35 Staccato Lightning, 3.350 créditos

Ei, intrometido, por que você nunca está por perto quando eu preciso falar com você? Consegui um comprador para nós. Um representante da Organização Pyke quer fazer uma troca na Roda. Arrume suas coisas.

Esplêndido. Organizei nosso inventário do maior potencial de lucro para o menor, com base na demanda da Undervine e na análise histórica do mercado invisível. Vamos lá ganhar dinheiro.

Você é louco, seu idiota? Colocou a HK8 Dente-de-Serra por último? Essas coisas estão super em alta para os soldados das facções. Se você conhecesse esse mercado como eu, não precisaria ouvir essas coisas.

A HK8 tem uma baixa capacidade de munição, superaquece durante disparos rápidos e é considerada feia por muitos. Essa bolha vai estourar, e os compradores das facções não são bobos para ficar seguindo modismos. Espero que você leve minha recomendação a sério pelo bem do negócio.

Feia? Sim. Concordo. —Lando

Escute bem, seu mané. Vamos vender a Dente-de-Serra. Aliás, traga o máximo que puder e não me questione novamente.

Pensando bem, a pistola HK8 se provou valiosa, afinal. Ela causa uma ferida considerável em um torso humanoide. Felizmente para Masse Goskey, um tiro de blaster nessa área não é fatal para humanos. Ou é?

MASSE GOSKEY

EMPÓRIO DE ARMAS E LOJA DE EXPLOSIVOS

QUARENTA (40) CARABINAS BLASTER:	56.999
DOZE (12) ESPINGARDAS DE CHOQUE:	17.999
DOIS (2) INCINERADORES DE ARMADURA TROIDA:	14.999
GARANTIA ESTENDIDA:	999
UM (1) CONJUNTO DE HK8 DENTE-DE-SERRA:	TESTE GRATUITO
BOLSA PORTÁTIL P/ MANOPLAS DE FORÇA (COMO ESTÁ, SEM REEMBOLSO):	11.000
TOTAL:	101.996

Um prazer fazer negócios com você!

Não, espera. Estou pensando em Ugors. Que pena, Masse. Aproveite o Submundo.

Agora só preciso reformular o nome. Armeiros Chevin? Vou pensar em algo.

- Rifle de choque Merr-Sonn R-88 Supressor, 2.000 créditos
- Espingarda de choque BlasTech 500 ESPO, 1.000 créditos
- Canhão sônico LR1K das Armarias Gordarl, 9.000 créditos
- Embaralhador Aural-Biológico-Químico ABX-110 Loronar, 3.000 créditos
- Rifle de captura Merr-Sonn GRS-1, 1.100 créditos
- Flechette xenotóxica Arakyd X8, preço de mercado atual sob consulta

Então, o que é isso? Evidência da extorsão do traficante de armas? É um descuido e tanto que seu tenente tenha deixado isso dentro da caixa de armas, mas é por isso que Cikatro Vizago nunca contratará um Swokes Swokes.

Parece que paguei pelo menos 25% acima do preço de atacado. Agora já não posso fazer nada, mas, daqui em diante, vou aproveitar todas as vantagens que puder, incluindo este diário revirado. É a única maneira de elevar a organização do Chifre Quebrado a um competidor de destaque regional.

INFONET DE CYNABAR

Sempre Aposte na Grande CYN

QUEM É QUEM NO SETOR LOTHAL

CIKATRO VIZAGO

EXPERTISE:
Contrabando, extorsão

AFILIAÇÃO:
Gangue do Chifre Quebrado Organização! Eu disse organização para eles!

COMENTÁRIOS DOS USUÁRIOS:

LomPaulsen: Tentei mostrar as armas que estava vendendo, mas seus droides IG atiraram em mim! Esqueçam o Vizago, há muitos compradores em Garel.

AZMORIGAN

EXPERTISE:
Fraude, chantagem

AFILIAÇÃO:
Independente

COMENTÁRIOS DOS USUÁRIOS:

SegurançaBonadan: Transportei porcos-espinhos para esse cara, ele se recusou a pagar pela limpeza. Evitem.

OakieP: Ele é bizarro.

O Chifre Quebrado é muito mais do que uma gangue, mas admito que está longe de ser uma organização criminosa a nível galáctico. Preciso de mais do que uma parte do contrabando de Garel para garantir meu legado.

Continuo pressionando os nativos do setor, mas desde que o Império assumiu o controle, o tanto de ação disponível vem diminuindo. Parece que esses chifres não são exatamente uma vantagem quando se faz negócios sob a Nova Ordem.

Li as primeiras páginas deste diário e elaborei um plano. Hora de sair em busca de tesouros: o alvo é Seylott. Preciso de parceiros para ajudar na infiltração e escavação.

As coordenadas de Seylott, como um expoente aplicado às coordenadas de Nar Shaddaa, são um produto irracional. Eu inseri essa sequência não terminal em meu cálculo.
— Mestre Decodificador

Azmorigan tem olhos em todos os lugares, e tenho razões para acreditar que não vai me apunhalar pelas costas, então ele está dentro.

Ainda vou precisar de alguém para extrair o tesouro. Precisa ser um topógrafo e escavador, além de bom de lábia para quando os durões começarem a rondar. Esse tipo de trabalho de campo não é comigo. Por sorte, humanos são abundantes e Azmorigan conhece um aceitável que atende pelo nome de Calrissian.

Vamos agir amanhã. Azmorigan me alertou para tomar cuidado com as operações do Sol Negro neste setor. Eu disse a ele que tudo estava sob controle, mas assim que ele se afastou, ordenei a Calrissian para ficar de olho exatamente nessas operações.

Maldição eterna! O Sol Negro fechou esse planeta inteiro. Mas nós somos apenas três andarilhos. Certamente, podemos nos aventurar na zona restrita de mineração de andris para realizar um levantamento topográfico. Por que o Sol Negro incomodaria nômades? Está tudo bem.

"Humanos são abundantes?" Vizago, saiba que Lando Calrissian é único. Quando o Sol Negro apareceu brandindo seus vibromachados e picaretas--demolidoras, fui o único esperto o suficiente para esconder este livro de registros e me safar da situação na lábia.

"Aqueles dois são os cabeças!", gritei. "Sou apenas um cara que eles contrataram!" A melhor mentira geralmente é a verdade.

Uma pena que eu esteja quase acabando com o dinheiro que recebi adiantado, mas o tratamento de primeira classe nos spas minerais spiranos é a única coisa capaz de acalmar meus nervos depois de um episódio tão estressante. Dizem que leva um dia inteiro para um humano se recuperar de uma esfoliação de pele sriluuriana, então tive bastante tempo para examinar este pequeno e sortudo livro de registros.

Maz Kanata, sabia que você um dia me deixaria rico!

Apenas uma mísera página? Sabia que não deveria ter dado um soco naquele brutamontes, mas a vontade de impressionar aquele novato trianii foi forte demais. —Lando

ORGANIZAÇÃO RAZZI

[RAZZI] Submestre Twirm, verifique a autonticidade deste documento. Me diga de onde ele veio. Não esqueça que eu te alimento, te visto e te protejo de nossos inimigos. Você acha que Jabba seria tão generoso?

[TWIRM] Minha senhora, como solicitado. Proprietário anterior, um tal de Lando Calrissian. Item obtido após uma luta oportunista contra o Capanga 36 (lutador esoomiano Bumblethunk). Item furtado de Calrissian pelo Batedor de Carteira 8 (ladrão Rybet "Dedos-de-Cola"). A capa exibe as cores do distintivo de Maz Kanata, sugerindo que seja um autêntico artefato de Kanata.

INFONET DE CYNABAR

Sempre Aposte na Grande CYN

OBA DIAH, ORLA EXTERIOR A Organização Pyke continua a esmagar operações criminosas menores em sua tentativa de se tornar o único fornecedor de especiarias da galáxia.

Informantes apontam Latts Razzi como o próximo alvo a sentir os efeitos, e os analistas da Cynabar duvidam que a organização de Razzi possa sobreviver ao desafio.

[RAZZI] Não me importo. Me diga o que posso fazer com isso! Você tem um buraco na cabeça?

[TWIRM] Eu sou um adariano, minha senhora. Minha abertura craniana ajuda a focalizar e amplificar ondas sonoras.

[RAZZI] Sou a chefe de um cartel criminoso, o que eu pensei que seria o suficiente para me proteger de mentes estúpidas, mas não. Twirm, este livro de registros vai me ajudar ou não? Minha pergunta é simples.

[TWIRM] Senhora, trago boas notícias. Os resultados de autenticação estão a caminho. Antecipando um cenário favorável, já preparei uma equipe para extrair os tesouros mencionados neste volume.

Se me permitir, parece que a senhora está preocupada com o posicionamento da família criminosa de Latts Razzi em relação a outros competidores do submundo, especialmente os Pykes. Posso fazer uma sugestão? Aja como se tivesse mais poder do que realmente tem, e o submundo responderá de acordo. Este mercado é dominado por pessoas inseguras e paranoicas. Entre tais oponentes, a aparência muitas vezes é mais eficaz do que a realidade.

[RAZZI] Você está demitido. E por demitido quero dizer alimentando os caranguejos subterrâneos. A aparência não importa. O que importa é habilidade.

Quando você ler isso, os gamorreanos já terão chegado para levá-lo à arena.

Até eu contratar um novo submestre, terei que deixar este diário de lado. Outros assuntos exigem minha atenção, e é muito difícil encontrar bons ajudantes neste ramo.

Razzi teve um fim ruim, não é mesmo, Chewie? Ou talvez seja só eu desejando mesmo. —Han

NÚMERO DE CATÁLOGO

9388GR/77

Dryden Vos

OBSERVAÇÃO

Qi'ra: tire proveito deste item ou o descarte

Eu pedi a Gremm para acelerar a análise deste livro de registros. Até lá, continuarei revisando as cargas recebidas do roubo ao depósito da Razzi, levando em consideração os interesses comerciais da Aurora Escarlate, até que um escriba possa extrair as impressões de dados destas páginas. — Qi'ra

NÚMERO DA CAIXA

CAIXA 40 3X

Vasos de cerâmica esmaltada com impressões padronizadas no estilo da dinastia Kitel Phard. Uma tábua que acompanha os objetos possui a marca dos Vermes Brancos, Coronet, Corellia.

Um único vaso Kitel Phard poderia render 250.000 créditos em um leilão, mas todos esses são falsos. Lady Proxima deve estar fazendo negócios com a operação de Latts Razzi, o que viola os termos de lealdade dos Vermes Brancos. Recomendo uma retaliação rápida e impiedosa para servir como lição aos demais.

Comportados e implacáveis. Bem a cara de vocês. —Han

NÚMERO DA CAIXA

CAIXA 20 3X

Armas de pequeno calibre e explosivos de médio porte. Nada digno de nota sobre esta carga, mas a HK8 Dente-de-Serra ainda não entrou em produção em massa. Sua presença aqui indica que Razzi desfruta de linhas de abastecimento robustas com traficantes de armas, as quais a Aurora Escarlate presumivelmente poderia controlar.

NÚMERO DA CAIXA

CAIXA 43 9X

50 kg de especiaria andris de baixa qualidade, escondidos dentro de objetos esféricos de veneração religiosa Weequay. Baixa pureza. A organização de Razzi deve obter do Triângulo das Especiarias. Sugiro pressionar Zorba, o Hutt, para ver o que ele sabe.

NÚMERO DA CAIXA

CAIXA 32 7X

Droides gladiadores modelo HK desmontados, com medalhões de Grakkus.

NOTA:
Ele foi remontado para verificar as peças.

NÚMERO DA CAIXA

CAIXA 51 7X

Partes de animais exóticos. Presas de rancor, bolsas de aiwha, silício raspado de mynocks, fragmentos de dentes de sando (2 m de largura); tinta seca de octópode (frascos de 15 mg); dois espécimes completos de tuk'ata (mumificados, um deles retratado aqui), vários componentes de cães corellianos (dorso, garras, tufos de pelo, remendos de pele).

CONSEGUI UM COMPRADOR DA UNIVERSIDADE DAS SOMBRAS EM ARCHAEO-PRIME QUE PAGARIA MUITOS CRÉDITOS POR ESSAS PEÇAS, SE AO MENOS EU CONSEGUISSE VIRAR FORNECEDORA. —APHRA

Val encontrou este livro de registros na caixa que pegamos na plataforma de carga em Zarra, em Cato Neimoidia. A caixa foi verificada. São produtos da Aurora Escarlate com o selo de Dryden Vos. O roubo do vagão de trem está confirmado. Más notícias. A Segurança dos Mundos-Bolsa está nos investigando.

Bem, não deu certo. **NÃO MESMO**.

Vamos começar com Tuska, porque ele é o primeiro dos muitos, muitos problemas que ocorreram nesta operação. Se vamos atacar uma locomotiva quilométrica, precisamos de um observador atento.

Tudo o que Tuska tinha que fazer — mas que raiva! — era escalar a Garra da Noiva às 7 horas e ficar de olho nas escoltas. Se estivessem transportando carga da Aurora Escarlate, a segurança em Cato Neimoidia estaria especialmente preocupada com bandidos na rota para Tarko-se. Então, se você não vir nenhuma escolta através dos seus macrobinóculos, talvez deva nos chamar no comunicador para abortar a missão.

Nenhuma escolta? Isso não faz sentido. Eu sei que Tuska não é bom com números, mas isso era muito importante. Então, aqui

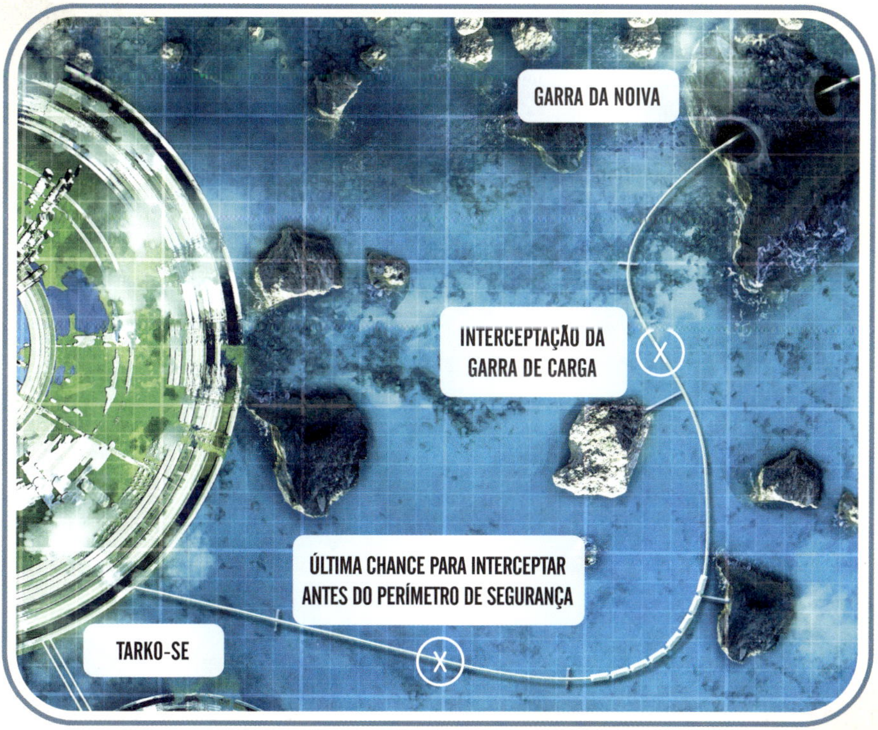

estou, sem aviso nenhum, saltando do cargueiro em uma fibrocorda. Eu me agarro ao conveyex e me movo até o acoplamento do vagão. Esse trem está indo a 200 km/h, então como eu poderia ouvir a droga de um zumbido de um motor de moto? Talvez porque havia **MAIS DE UMA DÚZIA DELAS.**

Seria bom ter sabido que você ainda estava começando neste trabalho, Beckett. Talvez Chewie e eu tivéssemos mantido uma boa distância. —Ha

Isso era Enfys Nest e seus Cavaleiros da Nuvem, não algum bando local. Rio ajustou a trajetória da nave e Val deu alguns tiros com o canhão. Acertou... dois deles? Talvez? Longe de ser suficiente.

Ainda estou pressionado contra a carroceria do vagão, me segurando nas emendas com as pontas dos dedos. Falei muitos palavrões... talvez algumas orações.

O plano — vamos todos lembrar do PLANO — era prender o último vagão com a garra de carga e içá-lo antes de chegarmos à cidade. Eu imaginei que Enfys Nest tinha o próprio plano, que talvez envolvesse destruir os trilhos e fazer o conveyex inteiro cair no abismo. Não sei o que eles pretendiam roubar, mas devem ter pensado que molhá lo não faria mal.

Eu pulei. Atravessei a água como uma agulha e me impulsionei de volta à superfície. Ninguém me disse que a água em Cato Neimoidia era ácida e agora acho que queimei minhas papilas gustativas.

Então, o que aprendemos, pessoal? Aprendi que você pode queimar uma pilha de dinheiro financiando uma operação arriscada que vai pro brejo por causa de erros estúpidos.

Já estávamos endividados antes. Agora estamos três vezes mais.

PROCURANDO ALGO?!
QUE PENA! SUA NAVE AGORA É PROPRIEDADE DA

BILLIE BANDIDA

Para um viajante do espaço, não há forma mais baixa de escória do que sequestradores de naves. —Sana

Eu troquei mochilas com aquele velho em Zarra. Agora ele está carregando um monte de pedras e uma placa com o meu cartão de visita em cima. Ok, eu roubei a mochila dele, não a nave, mas não tenho um plano para tudo, droga.

De qualquer maneira, não tinha nada de valor naquela mochila, apenas um valacórdio que penhorei por 45 créditos. Mas esse folheto aqui? Gosto dele e estou guardando com cuidado. Bom para praticar impressões a tinta.

Eu não entendo nada sobre contrabando ou facções, mas já percebi que cada um desses portos clandestinos tem uma plataforma de pouso movimentada e uma segurança de araque. Sou uma sequestradora de naves, então tenho que começar a roubar algumas. E estou falando das grandes.

Sei como desarmar as naves, mas não tenho habilidade para pilotá-las. Então hoje procurei Ratty-Ratty, e ela me disse que está totalmente dentro. Tive a sensação de que ela estava esperando eu entrar em contato, desde aquela vez que nós duas fomos pegas na garagem de apreensão dos imperiais.

Então ela falou: "Contrata também um outro amigo meu, Taurill sei lá do quê", e eu disse: "Claro, Ratty-Ratty, mas para roubar um porta-aviões de assalto, vamos precisar de uma tripulação completa." E foi quando ela me contou sobre Taurill, que eles eram tipo cem ladrões ao mesmo tempo porque têm uma mente coletiva. Em vez de chamá-la de mentirosa de uma figa, perguntei: "Como diabos vou pagar por uma tripulação de cem pessoas?"

Hoje, Ratty-Ratty trouxe Taurill para uma entrevista de emprego e disse que eles vão trabalhar por comida. No começo, achei que ela queria tirar vantagem com essa coisa de "mente coletiva", mas então sussurrei para o bichinho mais próximo, contei aquela piada sobre o que o Imperador usa por baixo das túnicas. E estou certo de que a sala inteira de criaturinhas começou a rir ao mesmo tempo, até mesmo as que estavam no fundo.

Mente coletiva, hein? Eu diria que Billie Bandida conseguiu uma tripulação.

Começamos a interceptar naves em Ryloth. Ratty-Ratty me trouxe uma lista completa sobre o tráfego do porto de Kala'uun, as docas de aterrissagem e todas aquelas informações. Então eu disse a ela: "Você não precisava fazer todo esse trabalho só para me agradar!" Ela deu um grunhido e correu para sua cabine. Apenas mais um dia normal aqui na nave da Billie.

CAPTURA DE IMAGEM DA AUTORIDADE PORTUÁRIA DE KALA'UUN

Kala'uun em Ryloth é um daqueles portos que colocam uma trava em seu trem de pouso para evitar o roubo de naves, é o que dizem. Isso é bom para mim, porque essas travas fazem com que a segurança do porto se sinta tranquila em cochilar ou beber em vez de ficar de olho nos ladrões de naves. Torna o trabalho todo tão simples quanto colher uma flor.

Que decepção! Os Taurill não sabem nada sobre como abrir uma trava. Só sabem o que você diz para eles, então na maior parte do tempo eles só têm deixado seus pequenos dejetos verdes por toda a embarcação. Mas agora é hora de aprender.

Parece que apenas um quarto dos Taurill realmente faz alguma coisa e o restante apenas finge. Mas isso acontece com praticamente todo mundo, não é mesmo?

Rostinho feliz! Assim como imaginei, abrir essas travas de íon é tão tranquilo que até mesmo os Taurill conseguem.

Eu já abri travas assim centenas de vezes. Corte os componentes hidráulicos aqui. Segure o mecanismo de segurança aqui. Desarme as travas puxando essa alavanca aqui. Agite os pinos de bloqueio do temporizador com uma vibroagitadora, que está aqui. Em seguida, é só usar força bruta na abertura, bem aqui. Moleza.

Deu certo! Billie Bandida e sua tripulação atrapalhada estão fugindo de Ryloth em uma rota que ninguém vai verificar! Enquanto durar, eu sou a capitã de um transportador de assalto corelliano. Eu disse a um dos Taurill para deixar minha marca na pista de pouso, assim todos saberiam quem fez isso, mas esqueci da mente coletiva. Eles esvaziaram três dúzias de spray umas em cima das outras. Espero que pelo menos um dos símbolos fique legível.

Negociações feitas tranquilamente. Amanhã Billie Bandida faz a entrega para a Rebelião. Juro pelos pergaminhos sagrados que essa resistência contra o Império será muito boa para os negócios.

Ok, os Rebeldes não são ricos, descobri isso. O negócio deu bons frutos, mas principalmente porque os Taurill não se importam em comer o lixo que Ratty-Ratty havia coletado nos becos de Ylesia. Mas o que vai nos enriquecer mesmo não são naves militares, e sim iates de luxo! E olha só, modelos ubrikkianos estão por toda parte nesse setor.

Será que "mente coletiva" = poliespelhamento transmitido dos dados que compilei até agora? Maz Kanata, você realmente é astuta!
— Mestre Decodificador

Sua Excelência Jabba Desilijic Tiure de Nal Hutta, Eminência de Tatooine

—Desilijic Kajidic—

O humilde servo de hoje do poderoso Jabba é:

Bib Fortuna, Mordomo

Aquela ladra de naves aprendeu a nunca repetir seus erros, se ainda estiver viva. Acredito que não esteja. Ferimentos causados por um vibromachado gamorreano não se curam tão rápido.

Aquela multidão de animais atacou a *Joia Estelar* durante a escala em Nar Haaska. Apenas danos superficiais no trem de pouso e na blindagem do casco, porém mais do que suficientes para chamar a atenção de Jabba.

Alterei o curso para Keldooine e um bom estaleiro de reparos. No caminho, espero descobrir por que uma ladra tão inepta se apegou a este livro com tanta ferocidade.

Vi este livro na área de espera dos Construtores Espaciais de Keldooine e pensei que poderia me ajudar, mas o que um cara como eu vai fazer com ele? Não sou um contrabandista e muito menos um caçador de tesouros. Talvez há três décadas, quando meus joelhos não estalavam e o submundo ainda fazia sentido.

Tenho postado este anúncio na Undervine há um mês sem receber nenhum interessado. Por que ninguém mais contrata um mercenário?

SAPONZA, SOLDADO DE ALUGUEL

EXPERIÊNCIA:

Campanha em Mytaranor, supressões em Kwymar, retirada de Parcelus Menor

ESPECIALIZAÇÕES:

Rifles blaster, pistolas blaster, táticas de infantaria de linha de frente, vibrobaionetas, artilharia de curto alcance, comando de esquadrão

REFERÊNCIAS:

Disponíveis mediante solicitação

Aurora Escarlate? Nada! Orgulho de Son-Tuul? Nada! Eles todos têm os próprios exércitos privados, acredito.

Preciso de créditos rapidamente se eu quiser escapar desse assassino mandaloriano. Eu te digo, você desrespeita o Sol Negro UMA VEZ, e é isso que acontece!

PLATT OKEEFE: TEXTO IMPORTADO / INÍCIO

Eu sabia que reconhecia essa encadernação cinza. Maz Kanata, o que você estava pensando ao enviar isso por aí?

Eu nunca me associei a piratas, mas conheço o ramo do contrabando o suficiente para saber que os segredos deste livro são muito valiosos para qualquer um. Olhe por quem já passou antes de mim! Trapaceiros, vigaristas e crápulas, sem mencionar o Lando.

Se o Império põe as mãos nisso, pode dizer adeus a esses portos clandestinos. Por isso ele ficará aqui comigo, a contrabandista extraordinária Platt Okeefe.

Quero dizer, eu vou chegar a esse nível eventualmente. Agora mesmo, tenho um cargueiro, um mecânico droide e não muito mais do que isso. Mas aprendo rápido.

Não é como se eu fosse contra compartilhar segredos do comércio de contrabando. Se escrevesse meu guia, só o dividiria com pessoas que conhecem o assunto. Completar 5 Percursos de Sisar = acesso básico; 3 Percursos de Kessel = acesso avançado.

Tem MUITA COISA lá fora que os pilotos amadores não sabem e odeio ver alguém falhar. Já tem petulância demais nesse mundo.

Oakie é uma das boas. —Sana

CARGAS DE CONTRABANDO LUCRATIVAS:

Por exemplo, não gosto nada de como Maz apresentou isso. Certamente dá para lucrar com musgo megonita, mas sua posse é um crime de classe 1. Em vez disso, contrabandistas devem tentar transportar o seguinte:

- Aurodium: Casas de Comércio de Brentaal. Pergunte por "Pinaça" para qualquer engraxate.
- Madeira de Greel: Sistema Pii. Procure pelo droide madeireiro que anda de forma desleixada e use o código de acesso 0623N37.
- Oro-malha: Chandrila. Pergunte por "Pastor de Bois" na Cantina dos Eremitas, na Estrada do Chefe da Guilda.

Outras cargas que dão lucro: meleenium, durelium e hiperbárides. Pedras corusca, beskar mandaloriano, gemas quella e cristais prismáticos. Tem as especiarias, é claro, mas prefira andris, carsunum ou sansanna, e nunca se envolva com ryll ou cepas primitivas de Kessel.

Verifique as notícias de negócios que chegam do Setor Corporativo e ajuste os preços de seus produtos de acordo. Não há vergonha em lucrar honestamente! *Compre barato, venda caro*: esse é o mantra do contrabandista.

ESCOLHA SEU TRANSPORTADOR:

Evite o Gymsnor, o TL-1200 ou qualquer coisa da Metalurgia Balmorrana. Procure por esses modelos de transportadores confiáveis e rápidos a preços acessíveis.

- **GHTROC 720:** meu queridinho
- **TRANSPORTADOR LEVE LANTILLIANO:** o "velho e confiável"
- **CARGUEIRO PESADO SURRONIANO L19:** compre usado, nunca novo, a menos que conheça um bom mecânico
- **YT-2400:** dica quente: tem modelos desativados vagando pela Deriva Nula; se você passar despercebido pelos droids-vácuo, pode conseguir um de graça!

PORTOS CLANDESTINOS E REFÚGIOS:

A lista de Maz é um bom começo. Eu adicionaria:

- Estação Forte-Sucata
- Porto Bianco
- Byblos (é claro)
- Anel Dandriano
- Porto Livre de Gelgelar
- Resh 9376 (lembre-se de trazer o próprio suprimento atmosférico)
- Praia de Tanquilla

Apesar do que você ouve, evite a Incrível Estação Espacial de Omze, sobretudo se você for humano. O Posto Avançado da Torre Negra em Batuu não é exatamente um porto clandestino, mas você pode encontrar todo tipo de coisa interessante à venda se souber a quem perguntar.

CLIENTES CONTRABANDISTAS:

Esses empregadores contratam freelancers, mas não espere que eles sejam amigáveis se você estragar uma missão.

- **ALIANÇA GLASFIR:** em ascensão, próximos do Império
- **GUILDA DE COMÉRCIO KLATOOINIANA:** paga metade adiantado se você negociar
- **CARTEL MANDROXANO**
- **TRANSPORTADORA ORORO:** apoiada pela organização Tenloss, boa relação com a Rebelião
- **ALIANÇA KHEEDAR**
- **DROID GOTRA:** sabe de uma coisa?... Deixa pra lá
- **IRMANDADE LANTILLIANA DOS ESPACIAIS:** faz negócios com guerrilheiros anti-Imperiais como os Partidários de Gerrera — pode ser lucrativo para traficantes de armas que não se importam em correr o risco de uma acusação de traição

MINISTÉRIO IMPERIAL DO ESPAÇO
DEPARTAMENTO DE NAVES E SERVIÇOS

FORMULÁRIO DE LICENÇA DE CAPITÃO CREDENCIADA Nº LIC5510.02

NOME
OKEEFE, PLATT

ESPÉCIE
HUMANA

PLANETA NATAL
BRENTAAL IV

NÚMERO DE LICENÇA DE CAPITÃO CREDENCIADA
AGG-99301-BH05CT

CLASSIFICAÇÃO DA ESPAÇONAVE
CARGUEIRO LEVE

ASSINATURA DO PILOTO
Platt Okeefe

TRANSPORTE LICENCIADO:

Um contrabandista experiente pode se tornar um transportador de cargas legítimas ao primeiro sinal de problemas com a alfândega. É preciso obter as credenciais do Departamento de Naves e Serviços e do Ministério Imperial do Espaço e mantê-las atualizadas. Sempre mostre a documentação ao ser abordado por oficiais imperiais.

CANTINA DO CHALMUN

ANÃO VERMELHO

POLANIS VERMELHO E MANDALLIAN NARCOLETHE COM ÁGUA GASEIFICADA RECIRCULADA

ALVORADA DE CASSANDRA

MERENZANE DOURADO E FERMENTO ZABRAK, COM SABOR DE LACRIMEL E DECORADO COM UM COGUMELO DE VAPORIZADOR

NOVA BLASTER

CONHAQUE CORELLIANO E AGUARDENTE DE IPELLRIA, MISTURADOS EM UMA CENTRÍFUGA

APAGA-FOGO

ARRANCA-CASCOS E CENTEIO VASCHEANO SERVIDOS EM UMA GARRAFA DE SUCO JATEADO

TOME CUIDADO COM:

Frotas de vigilância, polícia territorial, saqueadores piratas e bloqueios militares.

Eu deveria adicionar algo sobre evitar ser capturado tempo suficiente para que você possa pular para o hiperespaço. Tenho ouvido falar sobre os Interditores Imperiais — cruzadores que usam geradores de gravidade para bloquear a entrada no hiperespaço —, o que pode invalidar tudo isso.

O MENU SECRETO:

Todos os espaçoportos mais movimentados têm bares que atendem ao nosso comércio. Mas quase ninguém conhece as senhas que te darão acesso privilegiado a equipamentos do mercado clandestino.

Por exemplo, a Cantina do Chalmun no espaçoporto de Mos Eisley, em Tatooine. Eles vão te olhar estranho se você pedir uma lista de bebidas, mas peça mesmo assim e escolha um Nova Blaster com conhaque savareeno em vez de corelliano. Você será escoltado para trás do bar e para o armário de armas escondido.

Até agora, tudo que escrevi parece bem bom! Definitivamente há material o bastante para eu começar um guia próprio bem detalhado. No entanto, primeiro vou descarregar estas frutas-carniça jovanianas. Esse é outro carregamento lucrativo, porque os jovanianos só plantam pomares nos campos de batalha mais sangrentos da galáxia. Eles acreditam que a fruta abençoa seus membros com poder assassino.

Fui contratada para entregar as frutas-carniça a um agente na lua do Mar Vermelho de Panna. Estou me sentindo muito confiante, já que há um salão de jogos no Quarteirão dos Forasteiros que estou ansiosa para visitar novamente.

Dizem que mudaram isso. Da última vez que ouvi, você tem que pedir um gelo-picante gruviano. —Han

PLATT OKEEFE: TEXTO IMPORTADO / INÍCIO

Ora, ora, ora, o que temos aqui? Um livro que sai das minhas mãos e volta por si só. É verdade o que dizem: Lando Calrissian nunca perde.

Se ao menos a Platt Okeefe pudesse dizer o mesmo! Ela sabia no que estava se metendo quando concordou em jogar pazaak contra um mestre das cartas, e a Oakie sempre foi fraca para rum norvaniano. Joguei um jogo honesto, não importa o que ela gritou enquanto eu me apressava de volta para a *Falcon*.

Hora de fazer um balanço. 5.500 créditos do Besouro-Javali em Panna por entregar leite fresco de seasow (e foi pouco, considerando o quão rápido essa coisa estraga). Some a isso os 603 créditos da Oakie na aposta final, além de seu cronômetro hérglico e este livro de registros.

Não se preocupe, nós nos acertamos. Nas saunas da Órbita Distal, acredito. —Lando

Folheei mais uma vez o diário, agora com a cabeça sóbria. Isso pode ser um achado. Se Maz Kanata deixou coordenadas para esses cofres de tesouro, eles definitivamente existem.

O filhinho da Mamãe Calrissian enfim poderia ter o respeito que merece! Deveria ignorar o tesouro em Seylott, contudo. Aposto que o Vizago estragou tudo de vez, sem qualquer chance de salvação.

Tenho muita experiência em obter relíquias, mas não sou um exército de um homem só. Preciso de um navegador. Um transportador. Um arrombador de fechaduras. (Talvez as irmãs Tonnika? Pelo menos a que não me odeia agora.

Quem sabe?) São muitas taxas para pagar adiantado, e nenhum amigo aceita minhas promessas. É hora de fazer o que faço de melhor.

Jogos de azar são de alto risco, então automaticamente excluem os piores idiotas da galáxia. Você pode pensar que a maioria dos governos planetários proibiu os jogos de cassino, mas muitas vezes há uma nave de prazer orbitando depois dos limites da jurisdição governamental. E sempre há um jogo de aposta nos fundos das cantinas espaciais.

MODELO: YT-1300 **CLASSE:** CARG

MILLENNIUM F

Desfrute da Millennium Falcon. Parece valer um milhão de créditos por fora, e o interior está ficando cada vez melhor. A galáxia está repleta de cargueiros corellianos da linha YT-1300, mas nenhum deles é como a minha belezinha aqui.

Suponho que você queira que eu instale essas novas modificações?

Não, por que eu esperaria que você trabalhasse, L3? Apenas continue fazendo o que você está fazendo. Lembre-me: qual é mesmo a sua função?

Por favor, indique as especificações para o que você chamou de "bar molhado". Posso ajustar a umidade atmosférica da nave para 95%, mas não posso garantir que você vai se sentir confortável.

É isso! No próximo espaçoporto, vou decolar sem você. Boa sorte para encontrar outro mestre que a aguente.

Boa sorte para encontrar outro droide capaz de replicar meus cálculos de hiperespaço.

RO LEVE

LCON

3, isso também poderia ser transformado em um armário de roupas. Quando foi que eu fiquei doente alguma vez? —Lando

Então... quais cassinos ainda não me baniram? Relatta, Pavo Prime, o Oseon, Zirtran...

Mas, por outro lado, sempre há Canto Bight. Tem a segurança mais rigorosa de todos, mas socializar com a alta sociedade é o que faço de melhor.

Preciso estar impecável em um lugar como Canto Bight. Hora de compartilhar a filosofia das *Crônicas de Calrissian* em seis passos para uma aposta à prova de desastres.

Vista-se adequadamente. Qualquer um pode passar pelos portões se aparentar pertencer ao lugar. Cada cassino atrai uma classe diferente de clientes, então copie esse visual e caminhe com confiança em direção às mesas de alto valor. Use uma capa para dizer: "Sou herdeiro." Tenho um look de veludo real infracosturado que me permite passar por um herdeiro de iate solar, desde que não me perguntem nada sobre navegação.

Você pode vencer a banca, mas não duas vezes. Assim que você fizer uma pontuação que quebre a banca nas mesas, você entra em uma lista. Não acumule várias grandes vitórias na mesma noite – deixe os donos do cassino manterem a honra – e pense duas vezes antes de retornar sob a mesma identidade.

Estabeleça os próprios limites. Antes de entrar, decida o quanto está preparado para perder. No meu caso, geralmente é um valor muitas vezes maior do que de fato possuo, mas, bem, estou tranquilo com essas condições.

Eu sei de pelo menos uma partida que prova que você é um mentiroso, velho amigo.
—Han

Domine as regras do jogo. Não se sente à mesa até ter aprendido as regras básicas, as regras da casa, as variantes regionais e toda a etiqueta implícita sobre como fazer as apostas e aumentá-las. Se você não sabe o suficiente para dividir um par no sabacc riftwalker e dobrar sua aposta contra um ingênuo ou uma carta alta, não deveria estar lá para começo de conversa.

Aproveite as cortesias. Em um cassino, você pode desfrutar de bebidas grátis, desde que dê uma boa gorjeta. E comida grátis, desde que lembre quais pratos do buffet são tóxicos para sua espécie. Ou um quarto grátis, desde que faça o tipo certo de amigo. Essas podem ser as únicas transações em que você realmente pode vencer o cassino.

Se te trapaceiam, você trapaceia de volta. Às vezes, a casa trapaceia. Já vi dados viciados, uma roleta com pesos, um embaralhador falso e um randomizador programado. Em um salão de apostas Quaymoon corrupto no Espaço Hutt, é praticamente sua obrigação moral trapacear. Treine um parceiro para enviar sinais não verbais de um lado da mesa para o outro. E embora eu não acredite em amuletos da sorte, brincar nervosamente com um chamará a atenção do crupiê tempo suficiente para você deslizar uma ficha de 1.000 créditos para o meio da sua pilha vencedora.

Peguei este folheto da última vez que segui para o Núcleo em uma barca estelar de luxo. Agora só preciso decidir qual jogo quero jogar. —Lando

CANTO BIGHT

CANTONICA

AS BÊNÇÃOS DA FORTUNA ABUNDAM NO CASSINO, onde os audaciosos e sofisticados jogadores se arriscam e vencem de forma espetacular. Canto Bight oferece a experiência de jogo suprema, com jogos tradicionais e favoritos do setor, junto às mais novas sensações do Núcleo até a Orla.

JOGOS DE MESA

CARTAS E PEÇAS: Horansi, Uíste savareeno, Câmaras, Pazaak, Corte do Falso, Carteado do Deserto, Klikklak, Desafio dos Montes, Uvide, Revés Zhell, Sabacc (variantes preferidas: Centrana e Cinnagar)

RODA: Roda do Jubileu, Poço Giratório, Roda Greehu

ESTRATÉGIA: Shah-Tezh, Dejarik, Moebius, Triga

DADOS: Jogada da Sorte, Divot, Fantafly, Hintaro, Pico Corelliano

Revés Zhell pode ser minha escolha! É novo no setor deles e tem algumas regras que podem ser exploradas sem precisar trapacear. Conte as cartas no monte do crupiê. Triplique sua aposta quando o corte estiver entre sete e onze. Reduza sua aposta pela metade com uma carta consecutiva, dobre se puder cobrir a margem e desista se o crupiê mostrar um Pássaro-Vermelho.
—Lando

Em outras palavras, inverta os marcadores de dados após cada sinal versal. Estou cada vez mais perto de decifrar este código textual.
—Mestre Decodificador

APOSTAS ESPORTIVAS

Corrida de Fathier ao vivo
Corrida de Odupiendo
Gravibol do Circuito Nuclear
Boxe eletrizante para todas as classes
Varredor de Esgoto Roon

Preciso de um agente infiltrado antes de arriscar desse jeito. Uma trinca perfeita nas corridas de Fathier poderia garantir dinheiro para a vida toda. —Lando

JOGOS DE MÁQUINA

Declinação
Rota Estelar
Shronker
Pirâmide de Thornen
Todas as últimas e mais populares
Máquinas Randomizadoras oferecendo os maiores pagamentos

Você pode alterar as probabilidades dessas máquinas com um implante craniano ciborgue, mas a maioria dos cassinos descobriu isso há muito tempo. De jeito nenhum vou contratar um Suerton novamente. "Controle subconsciente sobre a probabilidade"? 12.000 fichas desperdiçadas provam o contrário, meu amigo. —Lando

Encontrei este livro de registros em um salão de jogos em Makem Te com esse cartão por cima. Ela provavelmente pensou que ele voltaria, mas parece que meu chapa Lando se escafedeu do setor. Aproveitou o céu aberto, hein, Lando?

Ao que tudo indica, Maz que começou este diário. Vou devolver para ela na próxima vez que estiver por perto de Takodana. Ela vai gostar disso. Quase certeza de que tem uma queda por mim.

Tem um bando de pilotos e patinadores estelares aqui se gabando quando tudo o que fizeram foi levantar poeira e atirar uns nos outros. Um motor abastecido e um horizonte aberto é tudo de que se precisa.

Sim, sou eu, o jovem BoShek. Primeiro lugar no Clássico de Malastare, voando com um Zephyr-K de cano duplo todo soldado a partir de sucata de ferro-velho. Dizem que os humanos não podem competir nessas velocidades, mas acho que eles apenas temem a concorrência.

Acabei de receber a notícia de que minha inscrição foi aceita para a Corrida do Vácuo Draconiano, uma das mais prestigiadas nos Territórios da Orla. Nenhum corelliano vence há um século, mas vou quebrar essa sequência este ano.

Vou levar uma semana para chegar, em marcha lenta para manter meu motor ajustado. Isso me dá muito tempo para arrumar meus armários. Aquele recorte do *Almanaque das Corridas* me deixou saudoso. Talvez por isso tenho registrado tantas coisas.

Olha só isso — a corrida de moto pelas florestas de cristal de Agrilat. Lembro que eu tinha o primeiro lugar garantido, pilotando um Mobquet modificado com um motor tunado e impulsionadores ilegais do mercado paralelo.

Chegada dramática em Agrilat

Eu tinha tudo sob controle, deslizando na cola do líder e esperando para acionar o propulsor para ultrapassá-lo na curva larga. Mas ele ativou os abafadores do motor e despejou resfriador no escapamento de arrancada. A bola de fogo ficava cada vez maior conforme eu voava em direção a ela.

Era uma questão de ser assado ou perder a corrida, então mergulhei minha moto no óleo derramado. Quase me afoguei. Passei duas semanas em um centro médico drenando a lama dos meus pulmões e acumulei dívidas que eu não conseguiria pagar de jeito nenhum.

E como poderia? Eu só era bom em uma coisa: correr.

Posso te vencer em uma corrida a qualquer dia, chapa. —Han

• ○ ○ ◯ ○ ○ •

Quase chegando ao Vácuo Draconiano. Correr com uma nave estelar não é como correr com uma moto flutuante — você tem todo o espaço tridimensional para manobrar, o que nem sempre resulta em imagens emocionantes de holocâmera. É por isso que os organizadores de corridas sempre tentam forçar os competidores a ficarem no mesmo plano, limitando o percurso com obstáculos estreitos. Se a corrida for patrocinada por uma facção, pode esperar minas espaciais disparando cargas de laser em tempo real.

Os organizadores de corridas preguiçosos capturam algumas imagens emocionantes na linha de largada e preenchem o resto da transmissão com histórias inspiradoras.

Este Troig espera abrir um restaurante com os prêmios!
Conheça o Devlikk que está sendo aplaudido por suas
três esposas e trinta e cinco filhos!

Isso pode ser corrida para alguns, mas não para mim. Eu sou BoShek. Se você quer conhecer minha história, é só manter os olhos na linha de chegada.

• ○ ○ ◯ ○ ○ •

FICHA DE CORRIDA DO SALGABOCA:
O QUE OBSERVAR AO APOSTAR EM UM SPEEDER DE NEVE

Isso foi quando eu corri no circuito de speeder de neve por uma única temporada, no cinturão Geister. Ganhei o suficiente para pagar meus credores.

Estava apenas pensando que se eu ficar em primeiro, segundo ou terceiro lugar no Vácuo Draconiano, terei o bastante para financiar meu próximo passo. Eu tive uma ideia há muito tempo sobre passar pelo Sacarrolhas através da Cabeça de Trovão, encurtando um bom trecho do Percurso de Kessel. Seria um recorde histórico para eu quebrar.

• ○ ○ ◯ ○ ○ •

O Vácuo Draconiano não saiu como eu esperava. Ouvi dizer que algum outro corelliano venceu tudo, então devo um brinde a ele, afinal. Isso não ajuda muito no quesito dinheiro.

Parece que é hora de esse viajante espacial aqui voltar a transportar. Carga, passageiros, animais, não importa. Me dê um destino e eu chegarei lá.

Preciso encontrar alguém para pagar pelos meus serviços. Pensei em Tatooine, mas lembrei que eles diluem as bebidas na Cantina do Chalmun. Meu pensamento seguinte foi Takodana.

Espero que ela aprecie que eu esteja trazendo este livro de volta à sua posse. Espero que ela veja como eu realmente me sinto.

MAZ KANATA

Pequeno contador de histórias, como é que você voltou a mim tão cedo?

Eu previ um percurso imbricado, algo muito além da sua jornada até agora. Lancei uma garrafa ao mar apenas para que ela voltasse aos meus pés. Certamente a culpa é minha, e não da Força. Eu não a lancei na corrente adequada. Veja quem a devolveu para mim, afinal.

Este livro precisa de mãos mais firmes para carregá-lo, e eu conheço o Wookiee perfeito.

Pelo menos Chewie não é o único bobo que foi fisgado. —Han

CHEWIE NÃO PAROU DE ME ENCHER A PACIÊNCIA sobre essa coisa. Mas eu sabia de onde ele pegou, e o grandalhão fica lisonjeado por qualquer criatura que elogie seus olhos azuis. Eu entendo como você se sente, parceiro, mas não deixe este livro te meter em apuros em Kashyyyk.

Parece que esta coisa era a forma de Maz Kanata espalhar sua riqueza para qualquer transportador espacial disposto a seguir o rastro. Poderia fazer de algum trouxa uma pessoa muito, mas muito rica. Claro, se não acabar nas mãos das organizações.

Mas Chewie e eu, nós somos os donos agora. Felizes voos para um bando de vagabundos do espaço! Temos uma nave e um cérebro de droide para nos guiar, e como capitão dessa operação, decidi ir atrás do nódulo de dados oculto de Maz em Columi. Pouca influência dos Hutts nessa parte do espaço, gosto das condições.

Mal posso esperar para ver a reação do Lando. —Sana

Decolamos de Columi com uma rachadura no casco tão profunda que quase partiu a *Falcon* ao meio quando saltamos para além da velocidade da luz. Sorte que consegui negociar com meus técnicos clandestinos favoritos um desconto para soldarem a estrutura, sem adiantamento.

Não, não recuperamos o nódulo de dados. Quando os columianos ficaram tão dispostos a atirar? Agora tenho que me livrar dessa dívida, e um Wookiee como parceiro é a última coisa que eu preciso.

Meu velho amigo Sonnoid nos apresentou à Dona Annie: uma senhora simpática e uma química de especiarias personalizadas. Sei bem que não dá para se arriscar por qualquer um nesse negócio, seja uma doce senhorinha de cabelos grisalhos ou não. Quanto ao Chewie? Melhor nem começar.

Ele ouviu que os mercenários Tantel da Crymorah têm ameaçado a velhinha e agora acha que precisa bancar o herói. Chewie esperou até os mercenários terminarem de roubar o escritório dela e os emboscou a caminho de depositarem o dinheiro em uma conta numerada no Banco de Coruscant.

Claro, eu fui junto — afinal, qual é o sentido de meu copiloto acabar sendo espetado por imbecis cabeça de metal? —, mas acredite: tive uma discussão com Chewie sobre ele querer dar 90% de volta para a Dona Annie. Como é que alguém ganha a vida quando seu parceiro acha que todo mundo merece caridade?

De todos os beijadores de gundark que tiveram esse livro antes de mim, por que um deles tinha que ser o Lando? A Força pode ser uma lorota de primeira, mas ainda não se sabe ao certo sobre a Dona Fortuna. Se ela estiver ouvindo, isso é uma brincadeira inofensiva. Olha o que ele queria fazer com a minha nave!

Se um componente não te ajuda a voar ou lutar, nem bote a mão no bolso. Sim, eu sei o que o Lando diria, mas ele está errado. A *Falcon* é uma lutadora, assim como eu e Chewie. É por isso que eu a equipei, para que ela pudesse revidar contra as naves de vigilância.

MODIFICAÇÕES DE HAN SOLO:

- **GERADOR DE ESCUDO KDY**: Classe militar, então é ótimo que o Império tenha cochilado ao proteger esse depósito de armas.
- **INTELIGÊNCIA DE COMANDO SUPERFLUXO IV HANX-WARGEL**: Não há sentido em comparar o H-W da *Falcon* com um modelo padrão, não com a L3 pululando lá dentro. Um pouco temperamental, mas o melhor banco de dados de navegação onde quer que você esteja.
- **CANHÃO BLASTER OCULTO ZX-108 "TREME-CHÃO"**: Não é muito preciso, mas bom para dispersar grupos de abordagem, e isso é suficiente para mim.
- **PACOTE DE CONTRAMEDIDAS CARBANTI 29L E BLOQUEADOR DE SENSORES**: Como Chewie diz, se você não pode correr, é melhor conseguir se esconder.
- **MEUS DADOS**: A primeira personalização que fiz nesta nave. É mais do que um amuleto da sorte; também é a prova de que sou o melhor jogador.

PRECISO DE ALGO ASSIM PARA O ROUBO. COMO É QUE O HAN COMPROU UM DESSES? -CYCYED

Você poderia achar que o truque que fiz ao transportar coaxium para fora de Kessel me tornaria famoso. Só que conto a história para todo mundo, e todos acham que estou blefando. Mas com Chewie como testemunha, posso dizer: Han Solo fez o Percurso de Kessel em menos de doze parsecs!

Você pode ficar com seus recordes pessoais do percurso. Não me importo.

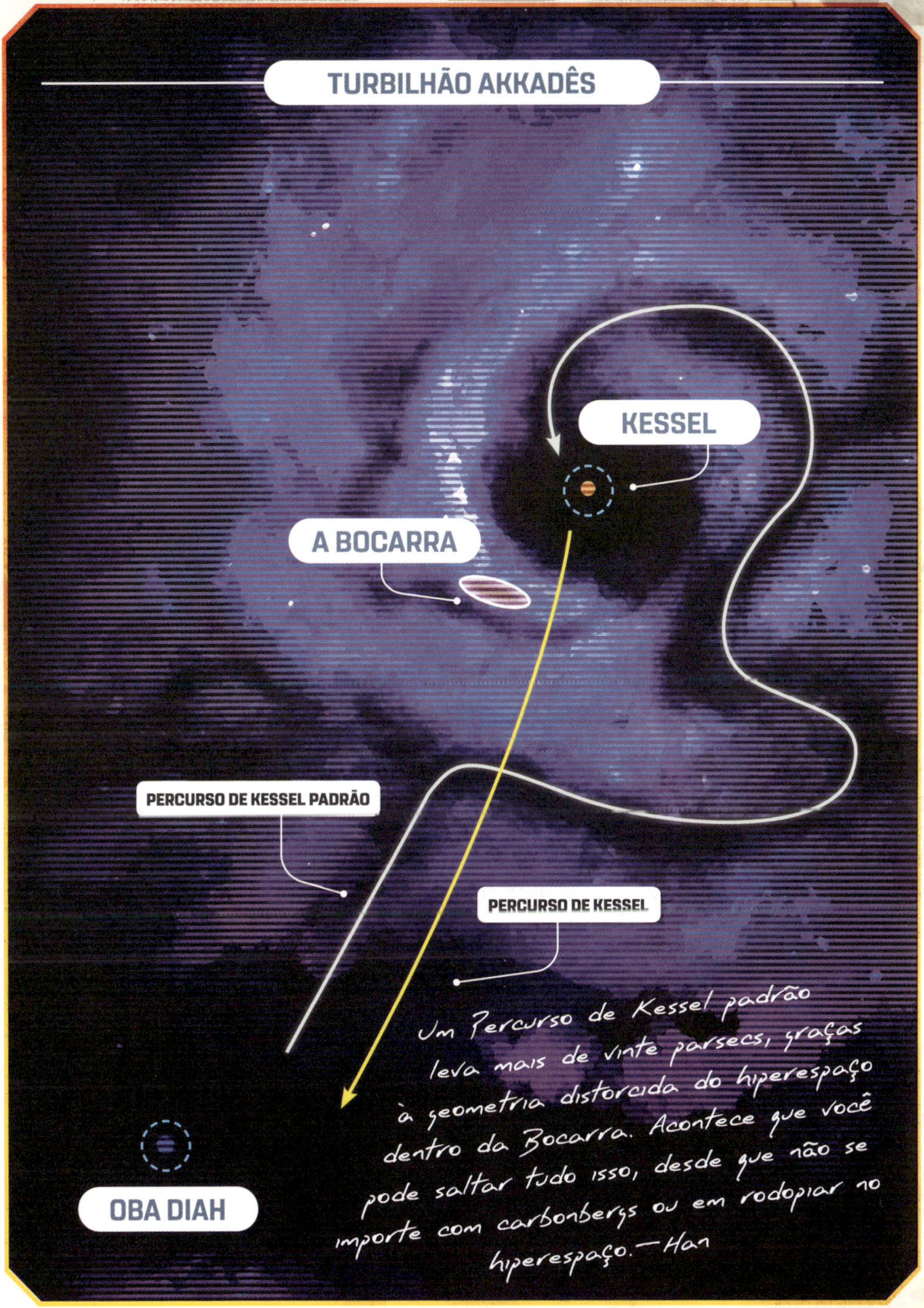
TURBILHÃO AKKADÊS
KESSEL
A BOCARRA
PERCURSO DE KESSEL PADRÃO
PERCURSO DE KESSEL
OBA DIAH
Um Percurso de Kessel padrão
leva mais de vinte parsecs, graças
à geometria distorcida do hiperespaço
dentro da Bocarra. Acontece que você
pode saltar tudo isso, desde que não se
importe com carbonbergs ou em rodopiar no
hiperespaço. —Han

Você sabe de uma coisa? Eu me importo, sim! A audácia desses pilotos de caças estelares, rindo de mim assim que viro as costas.

Não sou ruim com os punhos, e o bom e velho Chewie adora torcer braços. Aquele cara em Forte-Sucata se gabando de ter feito em menos de onze parsecs? Da próxima vez que eu estiver por lá, vou dizer para ele cair fora. Espero que ele responda com um soco.

Han, você é ainda mais maluco do que aparenta. —Sana

Parece que os Crymorah pegaram pesado com a Dona Annie. Chewie e eu ainda não sentimos pressão das facções, mas, enquanto isso, arrumei um novo cliente.

Consegui um trabalho com o Grande Bunji, entregando falsos vales de dinheiro para os trouxas do outro lado da Deriva Cron. Eu sei que o "código do contrabandista" diz para não explorar ninguém mais pobre que você. Mas estamos exaustos e não podemos nos dar ao luxo de começar a seguir as regras.

Planejo mascarar a identificação da *Falcon* como *Saltadora Grafite* para o trabalho, assim que conseguir convencer Chewie a atualizar o transponder.

Muitos TIEs da Guilda de Mineração no Cinturão de Cron, mas Chewie e eu podemos lidar com eles com os quatro canhões.

Sim, sim, eu sei, amigo. Chewie diz para anotar que se um de nós conseguir um abate na Zona do Dinheiro — o espaço ao redor do perímetro da *Falcon* alcançável por ambos os canhões —, então vale o dobro dos pontos. Não é como se eu estivesse preocupado. Estou três pontos à frente e é melhor ele não se esquecer disso.

Demos uma pausa com Bunji após o golpe em Cron, apenas para cair na órbita decadente dos vigaristas mais baratos da galáxia — os Gêmeos Briil.

É uma entrega simples. Esconder algumas centenas de garrafas de água mineral R'alla nos compartimentos do chão da *Falcon* e contrabandear para as pessoas de vida regrada em Rampa II.

Configurando o transponder da *Falcon* como *Guerreira do Sol* para este trabalho. Espero que ganhemos o suficiente para sair da Lista Vermelha e nos livrarmos dos cobradores de dívidas.

AUTORIDADE PORTUÁRIA DE RAMPA II

FORMULÁRIO DE REIVINDICAÇÃO DE MERCADORIAS

IDENTIDADE DO PRISIONEIRO:

Solo, Han

IDENTIDADE DA REQUERENTE:

Starros, Sana

DETALHES DO REQUERIMENTO:

A requerente alega ser esposa do criminoso e, portanto, ter direito aos pertences pessoais apreendidos durante a interceptação do contrabando "Corredeiras de Rampa" em 42374.

Requerimento aprovado pelo Agente 373-CR, Porto Hoshim, Rampa II.

Bem, "parceiro", parece que o baralho cósmico te deu uma mão morta desta vez. Imagino que você esteja se acostumando com isso agora. Coitado do Chewbacca, contudo. Os wookiees merecem ter mais voz sobre quem está no lado beneficiado por uma dívida de vida.

Com Solo e Chewie presos em Rampa, foi bem fácil subornar o agente da alfândega e pegar as coisas do Solo. Acho que é o mínimo que ele me devia depois de ter me dedurado durante aquele episódio com os nerfs na Nebulosa de Monsua.

Este livro de registros parece que vai superar minhas despesas, com toda essa conversa sobre coordenadas de tesouros e caches de dados. Quando se trata de desenterrar riquezas escondidas, eu conheço a garota certa. Sim, ela também já me deixou na mão antes. Mas Aphra tem que ser uma parceira melhor que o traste do Han Solo.

TIPO, CONCORDO?
MAS AINDA ESTOU CHATEADA.
—APHRA

PAPA TOREN

PAPA TOREN

Grakkus Jahibakti Tingi

GRAKKUS JAHIBAKTI TINGI

"Estas Provas de Prestígio e Admiração são Concedidas a Grakkus, o Hutt, em Concordância com os Honrados Costumes da Troca entre Organizações, pelos quais Nossos Grandes Empreendimentos Podem Manter um Acordo de Benefício Mútuo."

EM NOME DE PAPA TOREN, DO CASTELL CABAL E DA REDE SUSSURRANTE, QUE ESTES PRESENTES SIRVAM BEM A GRAKKUS:

» **1 LIVRO DE REGISTROS ANTIQUADO ANTERIORMENTE PERTENCENTE A MAZ KANATA, A USURPADORA (APREENDIDO DE UM CONTRABANDISTA INSOLENTE POR FALTA DE PAGAMENTO DE TAXAS DE PROTEÇÃO)**

» **1 DROIDE GLADIADOR MARK VII MODIFICADO, "APUNHALADOR" (COM 15 MORTES NO CIRCUITO WUMPO USANDO UMA LANÇA DE ENERGIA, GARANTINDO UM GRANDE SUCESSO COM A PLATEIA!)**

» **1 CONTRATO PARA OS SERVIÇOS DE PLOOVO DOIS EM UM, O CORRETOR DE SOMBRAS DE LONGA DATA DE PAPA TOREN PARA O SETOR CORPORATIVO, E TION (TRAZ CONSIGO MILHARES DE CONTATOS, O QUE DEVERÁ AJUDAR A ABRIR O SETOR NILGAARD PARA NEGÓCIOS)**

» **3 CAIXAS DE RÃS PANNA EM GELATINA COZIDAS EM SALMOURA DE FRUTAS DE SANGUE (PAPA SABE QUE GRAKKUS TEM UM PALADAR DOCE)**

ESTE CICLO NOBRE!

É NOITE DE COMBATE

NA ARENA!

APENAS ILUSTRATIVO
NÃO É O TAMANHO REAL

O EVENTO PRINCIPAL

VS.

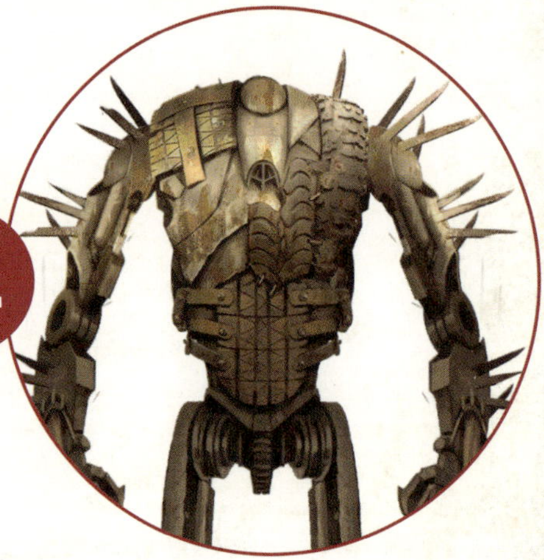

RHEN, O PULVERIZADOR VS. **O ROSA PÁLIDO**

MELHORADOS, TODAS AS ADAPTAÇÕES DE ARMAS VALEM!

DEVASTAÇÃO DE DROIDES GLADIADORES!

LUTAS PRELIMIN

DERRAMADOR DE ÓLEO VS. APU

PUNHOS DE SILICATO VS. TRANSB

ARENA DE GRAKKUS, CIDADE DE

FILEIRA DA FRENTE "ZONA SANGRENTA": 2.500 CRÉDITOS / TODOS

*Poderoso Grakkus, veja o design final para as lutas de arena do próximo ciclo.
Entre a venda de ingressos, visualizações na holonet e apostas, sua grandiosidade certamente fará dobrar as riquezas.*

Chewie tem muito a dizer sobre esses caras. Nada que eu queira repetir. —Han

IRMÃOS XONTI

OS TREINADORES DE GLADIADORES DE PRIMEIRA CLASSE DA GALÁXIA

RECIBO DE ENTREGA DE MERCADORIA

CLIENTE: Grakkus, o Hutt
PRODUTO: 3 lutadores do Grupo B9 de Kashyyyk

- **"Volant Caolho"**
  Exemplar de primeira, Categoria Ultrapesada
- **"Quebrador de Lastro"**
  Exemplar de nível médio, Categoria Pesada de Chão
- **"Snarrl, o Feral"**
  Exemplar de nível auxiliar, Categoria Peso-galo Estilo Livre

A MERCADORIA FOI CERTIFICADA COMO LIVRE DE DOENÇAS PELA AUTORIDADE PORTUÁRIA TRANDOSHANA

NESTA VÉSPERA DO VONTOR, DESFRUTE DE UMA EXPERIÊNCIA ÚNICA NA ARENA DE GRAKKUS...

LUTA DE FERAS!

APENAS ILUSTRATIVO
NÃO É O TAMANHO REAL

VS.

GUNDARKS VS. NEXUS

NEKS VS. GARAGONS

OS-LÂMINA VS. CÃES SALKY

Poderoso Grakkus, mil desculpas por compartilhar este trabalho inacabado, mas buscamos sua sabedoria sobre quais lutas a arena deve sediar na baixa temporada.

ARENA SERÁ INUNDADO PARA UMA BATALHA ATÉ A MORTE:
E DÁLIRAS CONTRA ACKLAY, VETERANO DA CASA,
O VELHO CASCA-DURA.
FAÇAM SUAS APOSTAS!

É CLARO, MU RRO, O FATHIER, ARRASA NO PASSO MARGENGAI!

Entre as rodadas, os participantes podem escalar uma rampa escorregadia para agarrar uma autêntica gema de Gallinore, mas cuidado — lâminas trituradoras devorarão os lentos.

O que eles fazem com os membros amputados? Ponda, descubra! —Dr. Evazan

Poderoso Grakkus, seus estatistas desejam sugerir como os apostadores podem ser ainda mais explorados para a maximização dos lucros.

Ordenar que um de nossos concorrentes se renda é uma forma potencialmente lucrativa de manipulação de resultados, mas também há lucro ao direcionar qual lutador causará o primeiro ferimento e com qual arma – contanto que a casa vença a margem de pontos.

Nenhuma entidade reguladora pode nos censurar, e os apostadores na Cidade de Hutta são conhecidos por serem notoriamente tolos.

Poderoso Grakkus, como você sabe, o aguardado envio dos droides Executores Mark X nunca chegou, apesar das garantias da maldita Latts Razzi. Confio que um dos seguintes irá atender às suas exigências como substitutos:

- Tanque WED "Inferno Vermelho"
- Droide modificado multiuso KØ-5D "Maximus"
- Droide de energia WG-22 "Gladiador Gonk"

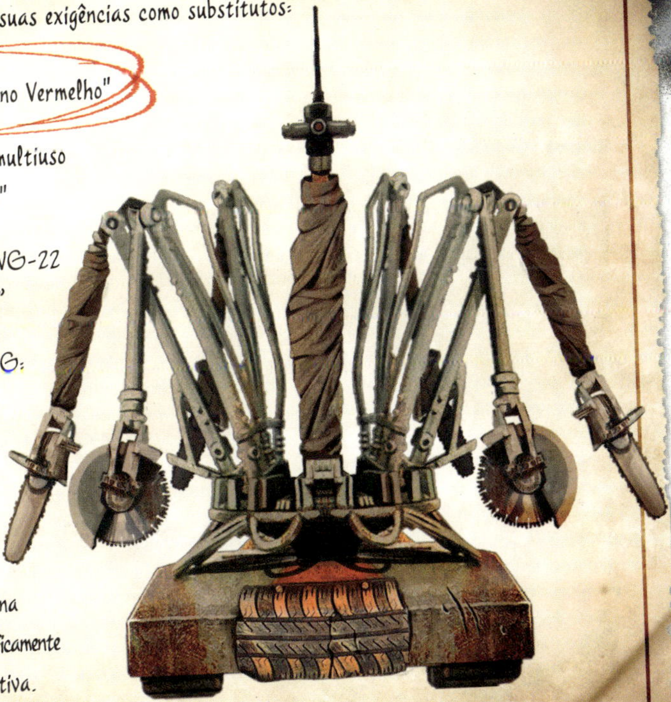

NOTA DO MARKETING:
Considerando a crescente popularidade de nossa concorrência em Loovria, recomenda-se gastar um quarto do orçamento promocional deste ciclo na Infonet de Cynabar, especificamente em sua cobertura esportiva.

ESTE CICLO! FÚRIA DA SELVA CONTRA A IRA DO SOBREVIVENTE! QUEM TRIUNFARÁ?

BATALHA FINAL ATÉ A MORTE!

APENAS ILUSTRATIVO
NÃO É O TAMANHO REAL

Poderoso Grakkus,
À medida que nos aproximamos do próximo ciclo, que este pôster que celebra as fatalidades vindouras obtenha a sua aprovação.

VOLANT CAOLHO, O ESTRIPADOR VS. ZANDARREO, O REFUGO DE LASAN

LUTAS PRELIMINARES: CAOS METÁLICO!

TANQUE "INFERNO VERMELHO" VS. PUNHOS DE SILICATO
B1 PORRADÃO VS. HEEP DESMONTADINHO
VALE-TUDO COM EQUIPAMENTO DE BATALHA MANDALORIANO

ARENA DE GRAKKUS, CIDADE DE HUTTA

SENHORA WROLLANPPF DESEJA QUE EU REGISTRE AS CIRCUNSTÂNCIAS DE SEU TRIUNFO GLADIATÓRIO USANDO A LINGUAGEM DO BÁSICO GALÁCTICO, À QUAL ELA NÃO ESTÁ ACOSTUMADA. DURANTE OS LONGOS MESES QUE SE SEGUIRAM À SUA CHEGADA À ARENA DE GRAKKUS, SENHORA WROLLANPPF TRABALHOU INCANSAVELMENTE PARA FORJAR LAÇOS DE CAUSA COMUM ENTRE OS GLADIADORES, ARRUMADORES, TRATADORES DE BESTAS E LIMPADORES DE ESTÁBULOS. POIS NÃO ESTAMOS TODOS UNIDOS NA OPRESSÃO, INDEPENDENTEMENTE DAS CIRCUNSTÂNCIAS DE NOSSO NASCIMENTO OU FABRICAÇÃO?

E ASSIM, AO TOQUE DO SINO QUE ABRIA A 7.072ª LUTA DE ARENA, SENHORA WROLLANPPF RESPONDEU COM UM RUGIDO QUE DEU INÍCIO À PRIMEIRA REVOLTA DE ESCRAVOS NO LOCAL.

– APUNHALADOR, ANTIGO DROIDE GLADIADOR MARK VII, AGORA EMANCIPADO

Fikkesstarrl

HAKKARNUN-KURN

Wotabarr

Pequeno Yppysshyk

Chewie tem carregado este livro de registros por meses e nunca disse uma palavra! "Não achei que você estaria interessado", ele me diz.

Não quero saber as chances de essa coisa voltar para as minhas mãos assim, mas já vi apostas improváveis se concretizarem antes. Chewie me contou que um monte de guerreiros Wookiee estava passando-o adiante, e ele o recebeu do guarda-costas do Quince Grandão durante aquele negócio de armas em Orelon.

Ah, EU SABIA que era a Sana que tinha me roubado lá em Rampa! Chewie disse que não. Mas quem estava certo, bola de pelo? Quem estava certo?

Engraçado ver as próprias palavras imortalizadas assim. É quase difícil lembrar daquele período tenso entre Beckett e Jabba, mas não estamos exatamente curtindo em um iate corelliano de prazer agora.

Ainda estamos com os Rebeldes. A maioria deles é legal. Luke é um bom garoto. Eu o contrataria num piscar de olhos. Leia... ela tem muito a aprender. Talvez algum

ALIANÇA PARA A RESTAURAÇÃO DA REPÚBLICA

FORMULÁRIO DE ALISTAMENTO

NOME: Chewbacca

IDADE: Não verificada

ALTURA: 2,28 metros

PESO: 112 quilogramas

OCUPAÇÃO: Primeiro imediato de cargueiro

ALCUNHAS CONHECIDAS: Fedor Cinza; Kiiruuk, o Inabalável

EXPERIÊNCIA DE PILOTAGEM: Cargueiros leves

EXPERIÊNCIA DE COMANDO: Milícia Wookiee de Kachirho (veja o anexo Guerra dos Clones)

trouxa a tolere tempo suficiente para conseguir algo, mas não serei eu. Sou esperto o bastante para evitar problemas assim.

ANEXO: CUPIM_DE_PEDRA_5521-C

Esses devoradores de pedra são o pior inimigo de um arqueólogo. —Aphra

Chewie tem cavado esses cupins de pedra de todos os cantos da *Falcon*. Passei horas consertando as marcas de suas mordidas e agora tenho respingo de duracreto pela camisa toda. Por que não temos uma lavanderia a bordo desta nave? Operar constantemente com um déficit de algumas centenas de milhares de créditos é o tipo de coisa que atrapalha uma vida limpa de maneiras que você nunca esperaria.

Estou decidido. Não tem dinheiro na Rebelião e nenhuma segurança que valha a pena. Tenho ameaças de morte suficientes sem precisar buscar mais vindas do Império.

Chewie é muito gentil para dizer isso, mas não podemos nos dar ao luxo de ficar por aqui por mais tempo. É hora de este capitão levar sua nave para bem longe daqui.

Honestamente, o livro de registros de Maz não poderia ter aparecido em melhor hora. Se conseguirmos um desses tesouros, podemos pagar nossas dívidas e dividir os lucros.

Um movimento de dejarik sem inspiração, mas talvez uma pista matemática?
— Mestre Decodificador

Ah, então agora você quer adicionar algo a este registro? Que tipo de estratégia é essa?

Movimento errado, parceiro. Não sei o que você está escondendo dentro dessa cabeça peluda. Se você fizer esse movimento, a glória será toda minha.

Não precisa esfregar na minha cara, parceiro. Ninguém gosta de um vencedor convencido. Você está só tentando a sorte com essa sua sequência de vitórias.

Decidi ir atrás de um dos prêmios mais difíceis de Maz: a *Graciosa Promissora*, uma nave de tesouro vontoriana abandonada em órbita próxima a uma estrela negra.

ANEXO: GRACIOSA_PROMISSORA_99SS-C

Eu sei o que você está pensando: não há um piloto de cargueiro vivo que arriscaria tanto desgaste gravitacional. Sorte que eu sou o único piloto que já fez o Percurso de Kessel em menos de doze parsecs.

Vou trazer o Tenente Ematt e alguns Rastreadores da Aliança também. Eles são bons de luta, considerando que são rebeldes. Chewie e eu talvez precisemos de algumas mãos extras a bordo da *Falcon*.

Nada mal ter pegado um bom tesouro da *Graciosa Promissora*, é o que eu digo. Sorte do Ematt que eu consegui encontrar um comprador para todo aquele kiirium.

QUERIA TER CONSEGUIDO IR LÁ PRIMEIRO. CONHEÇO UMAS TÉCNICAS. –CYCYED OCK

Eles precisavam do dinheiro, então deixei que ficassem com a maior parte, talvez para comprar outro canhão de íons ou algo do tipo. Porém isso nos deixou correndo atrás do prejuízo. Por que um cara como eu nunca consegue dar um jeito?

Preciso planejar um novo trabalho para pagar a dívida com o Jabba. Dessa vez, não vou dividir com os pobres coitados dos Rebeldes.

Possíveis clientes:

Os Ezaraa? Religiosos sempre prometem vultosos créditos, mas esses caras realmente pagaram quando fomos cobrar. O problema é que tenho quase certeza de que ainda somos considerados como hereges em seus textos sagrados. Mas, na minha opinião, se eles não quisessem que ríssemos daquele velho, não teriam feito o chapéu dele tão alto. Certo, Chewie?

Os Senhores de Aquaris? Chewie não para de soltar dicas sobre nos reconectarmos a esse grupo, mesmo que eles já tenham roubado nossa carga de especiarias. Começo a pensar que Silver Fyre deve ter sussurrado no ouvido dele algo sobre seus grandes olhos azuis.

Não temos um trabalho em vista ainda, mas estou traçando um curso para o Aglomerado da Joia Brilhante mesmo assim. Estou pensando em fazer uns movimentos na Parada de Tansarii. Talvez até fazer uma visita a Ord Mantell se não virmos muito papo hostil na Undervine.

Ou talvez seja melhor ir lá de qualquer jeito. Grandes riscos trazem grandes recompensas, e Han Solo não tem medo de nada.

IMAGEM IMPORTADA

DADOS TRANSCRITOS [COMEÇO]

DIAS PARA O PAGAMENTO: 7

Um dia de distância de Ord Mantell no meu retrovisor, mas levará pelo menos uma semana até chegar ao palácio de Zorba na Orla Sul. Odeio usar rotas hiperespaciais não percorridas, mas não dá para ter certeza de que um sabotador de caça não pegou a mesma trajetória. Melhor manter um ritmo lento e seguro até fazer a entrega.

Posso passar meu tempo escrevendo neste diário. Estranho como ele foi parar em minhas mãos. Provavelmente alguma operação de captura que deu errado. Peguei isso e me mandei antes que alguém me notasse. Não sei quem era o alvo. Talvez esse tal de Han Solo.

Nunca tinha ouvido falar dele. Embora, lendo o que ele escreveu, eu não esteja surpreso pelas coisas terem dado errado.

DIAS PARA O PAGAMENTO: 5

Verifiquei minha carga. Ainda está respirando. Acredite se quiser, mas ele pediu para eu aumentar a recirculação de ar. Foi a primeira vez em muito tempo que dei uma risada. Amigo, se eu pudesse, eu faria!

Ei, se ele queria viver sua vida com conforto, não deveria ter feito um empréstimo com um Hutt. A dívida é dele, não minha. Eu sou apenas o agente que garante que ele a pague pessoalmente.

DIAS PARA O PAGAMENTO: 3

Meu braço ainda está queimando. Não consigo acreditar que deixei aquele amante de dinko me atingir de raspão com um raio-agulha antes de agarrá-lo.

A bandagem está começando a ficar verde, mas estou com medo de desenrolá-la. O cheiro provavelmente me derrubaria.

DIAS PARA O PAGAMENTO: 1

Esse ar reciclado e pegajoso a bordo desta nave não está ajudando meu braço por nada. Mas continuo me lembrando de que é para isso que serve a taxa de Zorba.

Conserte o recirculador. Conserte meu braço. Conserte toda a minha maldita vida de quebra.

Farei uma parada rápida em Jedha para recalibrar meu computador de navegação e depois será um caminho direto até o dia do pagamento.

DADOS TRANSCRITOS [FIM]

Patético que uma caçadora de fugitivos me tenha reduzido a isso! Todos odeiam o cobrador de contas — todos, exceto o destino, pelo visto.

O alvo que ela carregava tinha amigos ricos. Eles se importavam o suficiente a ponto de contratar um sabotador de caça como eu, que pudesse interromper a entrega e salvar aquele homem das crueldades dos Hutts. Poderiam simplesmente ter dado o dinheiro para pagar a dívida desde o início, e eu nunca teria me envolvido! Parece que o cuidado deles era condicional.

Não importa. Neste momento, ninguém se importa comigo. A aterrissagem forçada quebrou minha asa a estibordo e minha fisiologia não vai durar muito sob esse sol do deserto. Parece que vou morrer na poeira.

Meu nome é Puttana Pin. Testemunhem-me, pois um dia eu fui uma vida.

Na época em que me juntei aos Partidários, foi um trabalho relativamente estável para o velho Cycyed Ock. Não, eu nunca fui muito fanático, mas tinha inteligência suficiente para dizer as coisas certas.

Saw Gerrera — que descanse em paz — não era o pior comandante que já tive. Mas às vezes ele ficava com aquele fogo selvagem em seu olhar. Quando isso acontecia, eu começava a gritar pelo fim do Imperador mais alto do que qualquer outra pessoa na sala — porque se eu não fizesse isso, Gerrera poderia começar a gritar pelo meu fim também.

Eu e Kullbee somos os únicos sobreviventes dos Partidários de Gerrera que têm algum juízo. Nos realocamos para o outro hemisfério depois que o Império devastou o planeta, mas tudo é poeira vermelha para onde quer que você vá.

Encontrei uma Headhunter destruída outro dia — uma daquelas antigas naves suicidas, com alguns buracos de blaster em sua fuselagem — e peguei este registro daquela massa torrada pelo sol que costumava ser o piloto. Agora me interessei! —Evazan

Jogada inteligente. Porque tesouros enterrados e nódulos de dados criptografados parecem significar dinheiro. É hora de reunir a velha gangue novamente.

Kullbee, abençoadas sejam suas tranças, já disse estar dentro.

Pelo que posso entender, é quase certo que um dos carregamentos de tesouro de Maz não tenha sido encontrado. Acho que descobri onde ela o escondeu e eu provavelmente teria feito a mesma coisa.

As cidades em Iskalon, um mundo aquático, dependem de plasma bombeado diretamente do fundo do oceano. O tesouro de Maz? Está dentro de um desses dutos. Não é possível detectá-lo por fora devido à interferência de energia, e tampouco é possível alcançá-lo por dentro com tanta pressão dos fluidos.

Agora, talvez um derramamento de plasma pudesse ser causado de propósito, né? Mas quem seria capaz de mergulhar, a essas profundidades, e resgatar o tesouro nas águas infestadas de serpentes, e tudo isso antes que os sentinelas automatizados lacrassem a ruptura?

Um grupo misturado de esquisitões, isso sim. Deixa eu achar aquele alerta imperial lá de trás...

COMUNICADO OFICIAL

AUTORIDADE IMPERIAL DE TRÂNSITO DO SETOR TERRABE

A todos os capitães das embarcações comerciais interestelares, bem-vindos ao histórico setor Terrabe. Informamos que a atividade de bandidos está aumentando. Vocês fazem parte da solução. Se notarem qualquer coisa suspeita, informem!

Em particular, fiquem atentos aos seguintes membros da chamada Gangue da Goela:

1. **CYCYED OCK, ATIRADOR CIBORGUE KEREDIANO**
2. **NERSITON, ~~INFORMANTE E HACKER SINITEENO~~**

   Deixou a antiga gangue de Gallandro, mas quebrou um contrato com o Droide Gotra; foi obrigado a enfrentar uma sequência de duelistas mecânicos e foi morto a tiros pelo 11º deles.
3. **KULLBEE SPERADO, PISTOLEIRO MEFTIANO**
4. **OOS-RIN-ARREK, CONTORCIONISTA TISS-SHAR**
5. **ISIN, ~~FINANCIADOR E LUTADOR ADVOZSEC~~**

   Visto pela última vez com o Zoológico Itinerante de Gar Jan Rue; impossível de entrar em contato com ela a tempo.
6. **~~RUFORK "DENTE AFIADO" TAMSON, PILOTO DE MANOBRAS KARKARODONIANO~~**

   Juntou-se aos atores da ópera de Mon Cal, mas feriu uma barbatana durante a apresentação de "O Neka-Chisler".

Muitas lacunas na antiga gangue.

Hora de começar a recrutar um novo grupo. É a coisa que nunca te contam sobre os esquisitões: ser único não significa que você não possa ser substituído.

ANEXO: FÁBRICA_ISKALON_2235DA

A estação de bombeamento #2235DA de Iskalon está a 3.121,7 metros abaixo do nível do mar. Incluí isso nos meus cálculos. – Mestre Decodificador

Kullbee diz que gosta da minha nova equipe de substitutos. Ele chegou até a comentar que acha que nossas chances são boas.

Quem me dera sentir o mesmo. Muita vigilância imperial naquela região da galáxia, e as facções não veem com bons olhos operadores independentes como nós.

DEPARTAMENTO IMPERIAL DE CORREÇÃO PUNITIVA

PENITENCIÁRIA MEGALOX BETA

Este pronunciamento foi emitido por:

Oficial de reabilitação Sam Kenzie

Me aproximei do líder dos novos detentos. Foi exatamente como eu pensei. Eles roubaram MESMO aquele tesouro em Iskalon e só foram capturados depois de escondê-lo em algum lugar. Toda aquela história dos donos do oleoduto sobre uma enguia gigante doente causando a ruptura da tubulação? Apenas uma fachada para os investidores.

O kerediano promete que se eu libertar toda a sua tripulação, ele me dará um quarto da recompensa.

Preciso pegar aquele livro de registros no Anexo de Propriedades Pessoais, que mais parece ser um mapa para mais alvos como aquele. Depois disso, é hora de fugir da prisão.

Adeus, Megalox. Eu sempre odiei esse trabalho.

AVISO: TODAS AS COMUNICAÇÕES TRANSMISSÍVEIS DEVEM SER REVISTAS PELA SEGURANÇA DA PENITENCIÁRIA ANTES DA DIVULGAÇÃO

REDE GALÁCTICA SUSSURRANTE, DIVISÃO DE OTIMIZAÇÃO

INFORMANTE 2757:

WESSEX, PRIMA

Quando se visita uma taverna e se encontra um frequentador que proclama em voz alta sua intenção de pagar as bebidas de todos os presentes, bem, isso é um sinal de que esse frequentador obteve riqueza repentinamente. Pode-se reconhecer tal fato óbvio sem pertencer à profissão de informante.

No entanto, nós, informantes, somos únicos entre os jogadores do submundo da galáxia por nossa capacidade de resistir a copiosos copos de uísque Hedrett.

É muito provável, portanto, que eu fosse a única pessoa de Hosnian Prime com presença de espírito suficiente para me apossar da fonte de poder desse homem corado durante o auge de sua confusão mental.

Adeus, Sr. Kenzie. Este artefato pode ter trazido brevemente boa fortuna, mas agora está em mãos mais hábeis.

Agora que a Rede Sussurrante possui um item de tão alto potencial de valor, a lógica dita três ações:

- UM: que este livro de registros passe por múltiplos métodos de autenticação independente para verificar suas origens;

- DOIS: que uma amostragem de alvos de alto valor (como Pashvi, Moldour 14 e Seylott, por exemplo) seja visitada por investigadores treinados para determinar se ainda abrigam tesouros intactos (ou, caso contrário, se foram adulterados de acordo com as narrativas registradas neste livro de registros);

- TRÊS: e somente após a confirmação dos pontos um e dois — que as informações deste livro de registros sejam copiadas em unidades discretas de valor comparável e vendidas a compradores do submundo.

A Rede Sussurrante mantém o submundo galáctico em movimento. Com as informações deste artefato, guiaremos as organizações ao nosso bel-prazer. Sempre foi assim. E sempre será.

A Correnteza Profunda? Os Montadores? Com sua perspectiva limitada, estão aquém do nosso interesse. A Spynet Kupohana? Não me faça rir!

Ninguém nunca vê a Rede Sussurrante, mas nossos informantes estão em todos os lugares, sempre três passos à frente.

ENTRADA DE DIÁRIO: ÊXTASE

Ah, Ponda, que espetáculo! Para alguém como eu, receber um convite para a Cúpula de Inteligência Obroana é uma verdadeira honra. E o fato de eu ter pegado o convite de uma informante desmembrada – isso é um testemunho da engenhosidade do Dr. Evazan!

Que esperto de minha parte descascar a pele do agente e enganar o scanner da porta do Salão Estratosférico em Obroa-skai. Certamente aqueles ali presentes deveriam ter aplaudido, maravilhados. Você nao concorda?

Que pena, então, que você e eu não possamos ouvir os aplausos em uma sala mobiliada de corpos e forrada com um derramamento vermelho que só aumenta. Ponda, admiro aqueles que negociam informações, admiro mesmo. Mas alguns seres – deuses, na verdade – negociam a própria vida e morte!

É verdade que me considero um arquiteto das artes vitais. Desprezo os clonadores – meros funcionários obedientes, todos eles –, assim como os chamados criptocirurgiões, que pensam que um título de trabalho é um atalho para a genialidade.

Comecemos, meu amado Ponda? Nossos materiais estão ao nosso redor. Tantos membros e vísceras em abundância, e de tantas espécies! Vamos carregá-los na nave.

ENTRADA DE DIÁRIO: PERPLEXIDADE

Após catorze dias, nem mesmo um murmúrio sobre o massacre em Obroa-skai? Suponho que se você matar os informantes, não resta mais ninguém para espalhar a notícia. Estou um pouco desapontado por ter saído impune tão facilmente, Ponda.

Eu sei o que você vai dizer. “Você já tem a sentença de morte em vinte e dois sistemas. Quem se importa com mais um?” Obrigado, meu amigo.

ENTRADA DE DIÁRIO: MELANCOLIA

Ponda, suas presas tremerão quando eu contar a você essa história agridoce.

Há muito tempo, no Reino de Tion, uma princesa moribunda ensinou seu pássaro--cachimbo a assobiar sua música favorita. Outros pássaros aprenderam a imitar o mesmo padrão de notas e, ao longo de milhares de anos de voo espacial, elas se

CONSTRUINDO UM SER MELHOR!

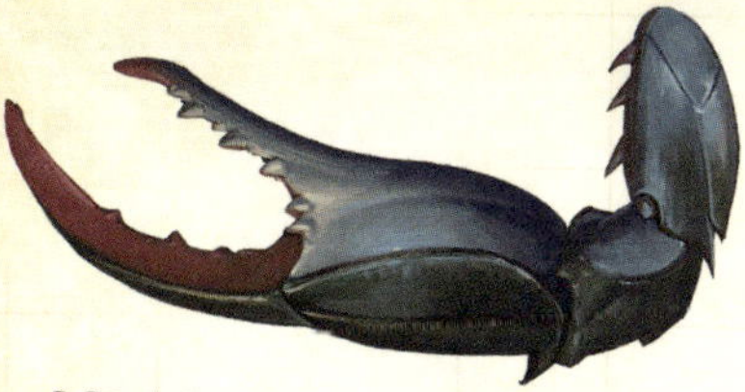

RESISTENTE A ENXERTOS

PROMISSOR!

MUITO FÁCIL

POSSÍVEIS ALÉRGENOS

espalharam pela galáxia. Pense nisso, Ponda. Cada vez que você ouviu um pássaro--cachimbo, uma princesa cantou para você além do túmulo.

Isso é o que eu busco! Imortalidade! Essas criaturas miseráveis que eu construo são os meios para desvendar o maior segredo da galáxia.

O caldeirão de criação de Evazan!

ENTRADA DE DIÁRIO: PERSISTÊNCIA

Ponda, já disse isso antes, mas aquele incidente na cantina de Tatooine foi há um bom tempo. Por que você continua resistindo?

Um braço ciborgue está fora de questão. Você quer parecer um lutador descartável de arena, com um pegador pontiagudo que também esguicha ácido? Me importo demais com você para considerar tal espetáculo de circo.

Alguns dos bracs do Salão Estratosférico ainda não apodreceram. Basta me dar o sinal e um deles será seu.

ENTRADA DE DIÁRIO: INVENTIVIDADE

Admiro sua perseverança, Ponda. Sei que você tem se esforçado para me trazer créditos. Reconheço que extorquir comerciantes é exaustivo.

Mas e se eu usasse todos esses créditos para desenvolver venenos frescos? Poderíamos testá-los em bolos que você poderia entregar em um orfanato próximo.

Estou entediado, Ponda! Pense no que poderíamos aprender sobre toxicidade!

ENTRADA DE DIÁRIO: REFLEXÃO

Meu amigo, me dê sua opinião sincera sobre estes versos:

Pois como os gritos das vítimas poderiam ser ouvidos
Em meio a humores reequilibrados e fluidos transferidos
É destreza que define a nobre arte de Evazan
Conforme as gargantas de suas vítimas revelarão amanhã

Surpreso, Ponda? Como é maravilhoso que, depois de tantos anos, ainda possamos fazer novas descobertas um sobre o outro.

ENTRADA DE DIÁRIO: RESSENTIMENTO

Certamente você se lembra da minha decepção ao não receber nenhuma resposta à minha inscrição para ingressar na Guilda dos Alquimistas, certo? Agora, como você acha que reagi quando descobri que a Guilda dos Alquimistas não existe há quase um milênio?

ENTRADA DE DIÁRIO: CONTEMPLAÇÃO

Estou me lembrando do tempo que passei em Athus Klee, moldando o minerador perfeito para o organização Aurora Escarlate. Trabalho interessante no começo, mas você sabe como outras mentes logo me entediam.

Sou um artista, Ponda, não um freelancer.

ENTRADA DE DIÁRIO: URGÊNCIA

O experimento alcançou uma fase crítica! Preciso de cabeças!

Ponda, estou sem pó de osso! Desenterre uma dúzia de cadáveres, preferencialmente aqueles que já marinaram por pelo menos três seculos. Makem Te tem um continente inteiro com túmulos bem identificados. O que não usarmos, moeremos e venderemos para os trapaceiros de elixir em Nar Shaddaa.

ENTRADA DE DIÁRIO: EXULTAÇÃO

Conseguimos de novo, Ponda. Outra criação própria. Construímos uma nova vida!

Mas... será que tem braços demais? Eu poderia remover um dos que estão nas costas e enxertá-lo naquele toco ali, num piscar de olhos. Apenas me diga se concorda com isso.

Aquela coisa que estava carregando isso, eu acertei um tiro de blaster bem na cabeça dela. Era a cabeça? Não sei, não me importo.

Mas, como eu disse ao meu tio, até que não tenho mira ruim! "Anton Markox: mercenário." Não acho ruim, sei lá.

Então, onde está o chefe do crime mais próximo que está procurando por um pistoleiro?

Por muitas gerações, aqueles da linhagem Pavel-Martinus têm sido cortesãos, servindo ao bel-prazer de um Hutt Exaltado ou de um Grande Dinasta de facção e se destacando nas artes da ociosidade, indulgência e lisonja.

E, no entanto, minha vergonha secreta é que o investimento começou a superar os ganhos. Quando fui aceita na corte de Buggine, a Hutt, eu me envaideci de alegria, pois seu estilo de frivolidade extravagante tem sido raro desde a queda de Ziro. Manter o ritmo de suas outras cortesãs tem exigido a compra de capas de veludo, chinelos de prata, perfumes de óleo de vinagre e até mesmo taças de rum com detalhes em ouro.

Por que logo ontem, quando apareci na corte resplandecendo em pedras preciosas coloridas, Buggine decretou que ombreiras emplumadas são a moda mais quente deste ciclo? Como poderei pagar por tais extravagâncias? Pompey Pavel-Martinus estará arruinada!

Como é reconfortante que você, querido diário, não seja um fofoqueiro sórdido.

DOK-ONDAR'S

DEN OF ANTIQUITIES

DESCRIÇÃO DO ITEM

Livro de registros usado por viajante espacial, obtido de um receptador criminoso. História variada de posse. Pode ser falso.

VENDER NA LOJA

____ SIM

____ NÃO

PREÇO SUGERIDO

______

Ainda não me decidi sobre isso. Vou enviá-lo para o Núcleo para que Sava Fissis Fen, da Universidade de Bar'leth, possa dar uma olhada. Pode acabar com um adesivo "VERIFICADO: ANTIGUIDADES DE BAR'LETH", o que geralmente triplica o preço de venda.

IIEA

INSTITUTO IMPERIAL DE EXPLORAÇÃO ARQUEOLÓGICA

THULE, SETOR ESSTRAN

NOME:
Dra. Chelli Lona Aphra

CREDENCIAMENTOS:
Universidade de Bar'leth, Associação Arqueológica de Arqueo-Prime, Comitê de Preservação Histórica da Universidade de Rudrig

O portador deste certificado possui autorização limitada para acessar locais de interesse histórico para o Império, de acordo com as regulamentações 22.750-23.018 dos Acordos Harvester.

Essa deve ter sido a coisa sobre a qual Sana estava falando durante aquela competição de bebida em Fort Ypso. A maioria das pessoas que ingere *aquae infurnus* em quantidade tão grande começa a tagarelar besteiras, mas parece que Sana me surpreendeu novamente.

Olhe todos esses idiotas que já tiveram posse deste livro de registros, e eu sou a primeira arqueóloga credenciada. Então para eles eu digo: Ótimo trabalho, rapazes, vocês realmente arruinaram alguns sítios históricos. É uma verdadeira tragédia cultural.

Antes de começar a investigar esses sítios por conta própria, quero analisar um padrão mais profundo. Os tesouros de Maz parecem estar distribuídos de forma bastante equilibrada por toda a galáxia civilizada, mas os que foram descobertos até agora parecem ter beneficiado as organizações na Orla Oriental. Apenas um palpite, mas isso pode explicar por que a Aurora Escarlate e os Crymorah estão perdendo terreno, enquanto os Hutts e os Pykes estão consolidando seus bens.

É isso que você está planejando, livrinho? Desestabilizar o equilíbrio de poder no submundo?

Acho que vou começar investigando a Descopose Farmark. Fica no fim do Espaço Selvagem, praticamente nas Regiões Desconhecidas. Parece que ninguém se importa muito com os confins mais afastados.

CONFISCADO EM NOME DO LÍDER SUPREMO SNOKE DA PRIMEIRA ORDEM

CONFISCO DE BENS APROVADO POR:

COMANDANTE BRENDOL HUX

Eu pensei que os Irmãos Irving me trariam para um aprendizado, mas parece que não! Não quando me abandonaram na última parada dos viajantes. Bem, azar o deles. Ao menos me deram este "kit de integração", e eu vou ficar com ele. É bem decente para começar como contrabandista:

» Capa à prova d'água que também funciona como coletor de chuva
» Sextante hiperespacial
» Livro de frases em huttês (parece que várias páginas foram arrancadas)
» Modelo de falsificação de licença de piloto
» Kit de teste de pureza de especiarias
» Saco de dormir isolado que só se abre com reconhecimento facial? Não faço ideia do porquê, e odeio a imagem que ele armazenou.

SACO DE DORMIR ESPALHA-ESTRELA DOS EXPLORADORES DEVARONIANOS, MODELO **#K26957**

Isolamento de lã-gaber resistente à umidade testado para ambientes de Classe 3 ou superiores

IMAGEM FACIAL PRÉ-GRAVADA:

RILEY

Conforto térmico será fornecido após o mapeamento bem-sucedido dos contornos cranianos

Além disso, por algum motivo, o pacote incluía este livro de registros. Talvez eles tenham se esquecido onde o colocaram?

A cibernética é um verdadeiro incômodo.

Olhe só isso: o modelo 66K precisa de uma rótula novic para alimentar a articulação, mas a BioTech só vende no Núcleo e nas Colônias. Então estou usando um espaçador multiuso de Sucateiro Lotho como substituto, o que significa que tenho que redirecionar manualmente os impulsos límbicos. Basicamente, tenho que bater na minha coxa a cada meia hora, como um monge penitente.

IMAGEM AUTODISPARADA [CATÁLOGO: 18839WEC]

Não importa se os Irmãos Irving me abandonaram. Eu sempre fui capaz de roubar o que precisasse. Mas as coisas parecem diferentes agora que Palpatine foi eliminado. Todo mundo sempre disse que o Império desmoronaria sem um Imperador, mas eles parecem estar se fortalecendo em Burnin Konn e outros mundos. Por isso que eu queria me juntar a pessoas que tinham conexões, e veja no que deu.

Quem sabe onde os Irmãos Irving conseguiram este diário, pra início de conversa? Nos encontramos no setor Anoat, mas eles poderiam ter vindo das Extensões Meridionais, talvez até mesmo das Regiões Desconhecidas.

Não tem nada para roubar por lá, de qualquer maneira. Até logo, idiotas!

Eu tenho um plano sobre o que fazer em seguida. Já trabalhei com a organização Ivax antes. Sei que eles são uma rede auxiliar para os Saqueadores da Chave Vermelha. Esses caras dilaceraram os Hutts depois da morte do Jabba em Tatooine. Queria ter estado lá. Teria dado uma piscadela para o assassino da organização que finalmente puxou o gatilho contra aquela lesma rastejante.

Uma reestruturação no submundo parece ser o momento perfeito para alguém como eu ganhar um pouco de dinheiro. Tem um gabdorin que vinha a Burnin Konn de vez em quando para se banhar na água salgada. Quiggold, talvez? Se ele não estiver com os Saqueadores da Chave Vermelha, aposto que conhece alguém que esteja.

Uma grande melhoria em relação aos Pecadores do Setor Sul, mas nunca houve um momento melhor para eu recomeçar.

Claro, eu disse a ela, precisamos de marinheiros, mas eu poderia atirar uma pedra e acertar uma dúzia de viajantes espaciais experientes só nesta cantina. E todos eles têm inteligência suficiente para não mencionar "ladrão" como qualificação para emprego!

Mas não a detestei nem nada, então a recomendei para os Gundarks Cinzentos como marinheira. Melhor eles correrem o risco do que nós, pensei. E tudo o que custou para ela foi o conteúdo desta bolsa. Eu tinha notado o sextante, mas descobri que está quebrado. Quase joguei fora a bolsa inteira, mas agora estou muito feliz por não ter feito isso.

O Capitão vai adorar este livro de registros. Não há maior fã de lendas piratas do que ele, e tenho certeza de que é a escrita de Gunda Mabin registrando sua busca pelos tesouros de Maz Kanata. Duas Rainhas Piratas! E com isso nos guiando, talvez acabemos colocando um novo Rei Pirata no trono.

No entanto, duvido que ele goste desse título — talvez genérico demais. Ninguém nunca esquece sua máscara Kaleesh pintada, então temos experimentado o nome de Bucaneiro Sangrento. Saqueador Vermelho foi minha ideia, mas na maioria dos dias o Capitão está preferindo Corsário Carmesim.

Aquela ladra magrela estava errada sobre eu pertencer aos Saqueadores da Chave Vermelha, mas eu entendo o porquê de ela achar isso, considerando o quanto o Capitão prefere essa combinação de cores.

Vamos precisar de muitas vitórias para escrever nossa própria lenda. Aqui está o que precisamos construir:

Disponíveis p/ trabalho!

Meson Martinet

CAPITÃO: Sidon Ithano, o Corsário Carmesim
TERRITÓRIO: Aglomerados Perdidos além da Orla Exterior
NEGÓCIOS: Pirataria, saques, invasões, banditismo

DIRECIONAR PERGUNTAS PARA:
Primeiro imediato Quiggold na Cantina Ratoweel,
Terminal de Ponemah

Inseri as coordenadas do compensador hiperespacial em meus cálculos.
— Mestre Decodificador

RCOE

REDE DE COMÉRCIO DA ORLA EXTERIOR

Sidon Ithano

Quiggold

Pendewqell

Reeg Brosna

Reveth

Squeaky

Chewie, esse é o mesmo cara que contratamos para o trabalho dos Fromm? —Han

NÓDULO UNDERVINE 137577

MANTENHA DISTÂNCIA DESSES TRAPACEIROS, DESERTORES E PUNHALEIROS

Sidon Ithano, um dinko doente que acha que lealdade não vale um prato de cuspe de Hutt, agora está percorrendo os Aglomerados Perdidos com uma nave e uma tripulação. Esteja avisado: ele é uma larva com espinhos venenosos. Pergunte sobre seu serviço a bordo da *Nova Gilliland* — aposto 100 créditos que ele não vai responder. Ignore Ithano e, em vez disso, procure pelos corsários prejudicados por sua traição. Contrate o Capitão Scorza e sua gangue Weequay!

REFERÊNCIA ANÔNIMA:
Use o nódulo Undervine 3375507.220, sistema Kellux

BEM, ISSO É VERDADE, MAS NÃO PELOS MOTIVOS QUE ELE ESTÁ INSINUANDO. O CAPITÃO MAL FALA COM QUALQUER UM, INCLUINDO O MALDITO PRIMEIRO IMEDIATO! -QUIGGOLD

SCORZA ENTREGOU AQUELA NAVE AOS HUTTS POR ALGUNS CRÉDITOS RÁPIDOS. AINDA O INCOMODA QUE O CAPITÃO TENHA SAÍDO VIVO DAQUELE DESASTRE CARREGANDO SAQUES SUFICIENTES PARA FORMAR SUA PRÓPRIA GANGUE. -QUIGGOLD

Do jeito que eu imaginava, o capitão ficou empolgado quando mostrei a ele este registro. Amanhã, a tripulação de Sidon Ithano zarpa em busca do Tesouro Perdido de Adratharpe 7. Assim como a *Martinet* atrai mynocks, também atraímos nossos concorrentes — e não apenas os garotos do Scorza. As coisas podem ficar sangrentas se eles estiverem nos rastreando. Nunca vi o capitão fugir de uma briga.

Magnus o Ensanguentado

SUBCHEFE, SAQUEADORES DA CHAVE VERMELHA

O CORSÁRIO CARMESIM? HAH! MAIS PARECE O . . . IDIOTA . . . VERMELHO!

FIZEMOS ITHANO E SEUS PIRATAS DE MENTIRINHA FUGIREM COMO NEKS DOMADOS.

ENCONTREI ESTE LIVRO NO ÚLTIMO HOVERCART EM ADRATHARPE. EU SABIA IMEDIATAMENTE QUE O CHEFE MOVELLAN PRECISAVA VÊ-LO.

ESTÁ CLARO QUE A PARCERIA ENTRE A CHAVE VERMELHA E O SOL NEGRO AINDA O INCOMODA. O CHEFE VAI OUVIR QUALQUER COISA QUE NOS PERMITA DESPREZAR A AJUDA DAS VELHAS FACÇÕES. HORA DE ESTABELECER UMA NOVA ESTRUTURA DE PODER PARA O SUBMUNDO PÓS-IMPÉRIO.

DROIDE GOTRA ELIMINOU UM CARGUEIRO ARMADO UBRIKKIANO NAS COORDENADAS DO PONTO DE REFERÊNCIA 634BESH DO ESPORÃO PERLEMIANO.

DROIDE GOTRA IDENTIFICOU O ALINHAMENTO DO CARGUEIRO COMO SENDO DOS **SAQUEADORES DA CHAVE VERMELHA**

DROIDE GOTRA, GAMMA-BIT 0001010001110000111001, VASCULHOU OS DESTROÇOS E RECUPEROU ESTA MONTAGEM ÚNICA DE POLPA DE MADEIRA COMPRIMIDA COM INDICADORES INFORMATIVOS ESTAMPADOS A TINTA.

O CONTEÚDO DO ITEM FOI TRADUZIDO E DIGITALIZADO, COM PONTOS DE DADOS VALIOSOS MARCADOS.

DROIDE GOTRA BUSCA UMA VANTAGEM INFORMATIVA; DROIDE GOTRA NÃO BUSCA EXCESSO MONETÁRIO.

TODOS OS AGENTES DA DROIDE GOTRA E FRENTE CYBAN SITUADOS NOS TERRITÓRIOS DA ORLA DEVEM SE DIRECIONAR AO CACHE DE DADOS MAIS PRÓXIMO AO RECEBER A RAJADA DE TRANSMISSÃO:

01001011 01100001 01101100 01101100 01100101 01100001 00100000 01110011 01100101 01100011 01110100 01101111 01110010 00100000 01010100 01100101 01110010 01101101 01101001 01101110 01110101 01110011

01011001 01110101 01110011 01101000 01100001 01101110 00100000 01110011 01100101 01100011 01110100 01101111 01110010 00100000 01001100 01101001 01110100 01110100 01101100 01100101 00100000 01010000 01100101 01110100 01110010 01101111 01110110 01101001

01000011 01101111 01110010 01100010 01100101 01110100 01110100 00100000 01110011 01100101 01100011 01110100 01101111 01110010 00100000 01000011 01101111 01110010 01100010 01100101 01110100 01110100 00100000 01000011 01101100 01110101 01110011 01110100 01100101 01110010

>Máquinas podem pensar, mas podem raciocinar? Elas conhecem o impulso do instinto? Elas têm fome?

Comparadas aos corpos frágeis do Kanjiklub, talvez elas tenham. Mas não para a Gangue da Morte Guaviana. Para nós, sua consciência imitativa é infantil.

>Agora, o que devemos fazer com esses espólios de batalha? Como este diário pode nos dar uma vantagem sobre nossos rivais?

O triunfo da Gangue da Morte Guaviana é inevitável. A questão é apenas "quando".

Nossos soldados de segurança são aprimorados por máquinas da cabeça aos membros. Bombas químicas alimentam o sistema endócrino para aumentar o tempo de

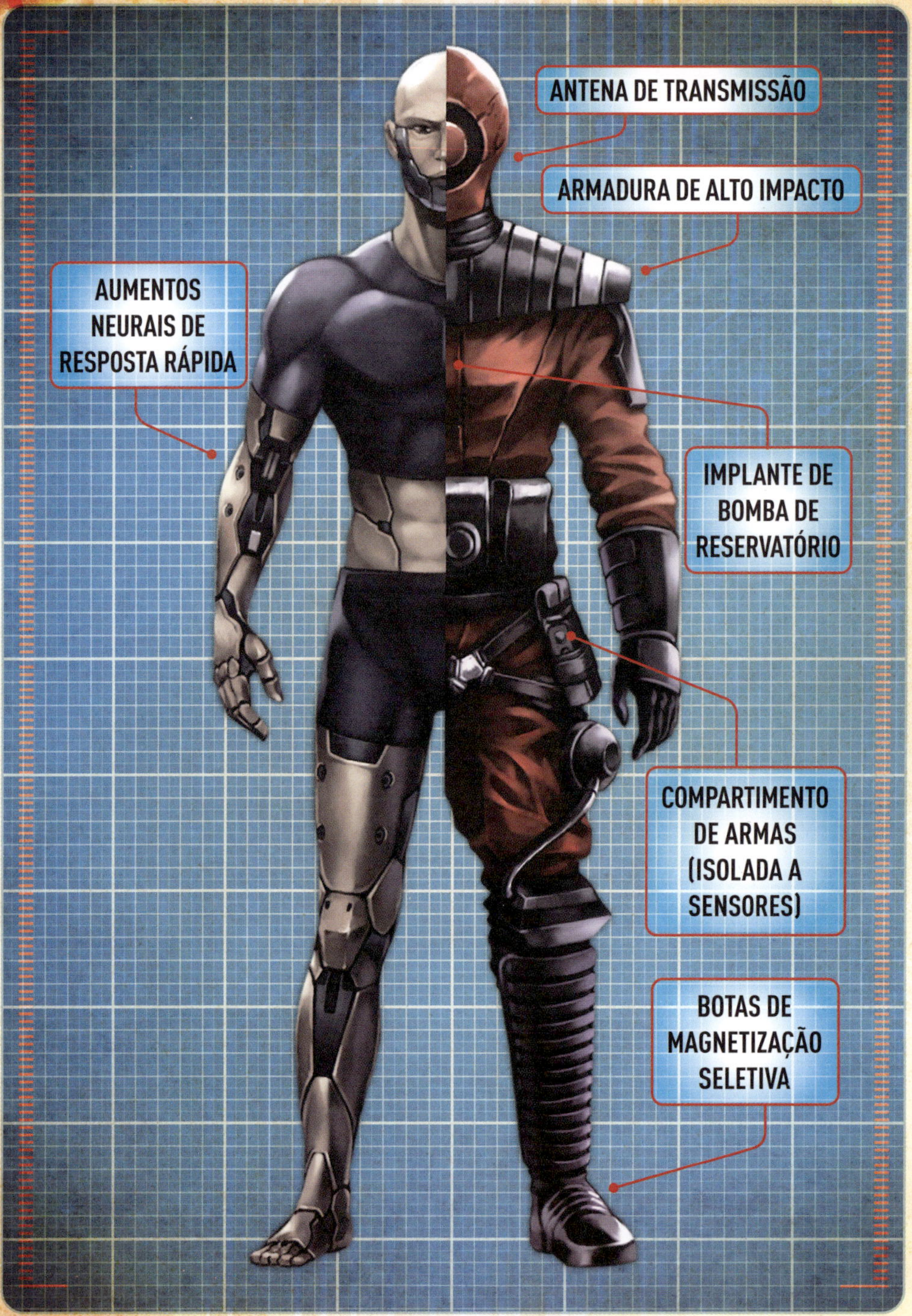
ANTENA DE TRANSMISSÃO
ARMADURA DE ALTO IMPACTO
AUMENTOS NEURAIS DE RESPOSTA RÁPIDA
IMPLANTE DE BOMBA DE RESERVATÓRIO
COMPARTIMENTO DE ARMAS (ISOLADA A SENSORES)
BOTAS DE MAGNETIZAÇÃO SELETIVA

resposta e reduzir os receptores de dor. Placas faciais cranianas coletam sinais e permitem comunicação quase instantânea através de canais de hiperondas.

Este é o rosto do futuro. Calcule as probabilidades de combate se duvida de mim.

>Eu, Bala-Tik, estou em estágio inicial de mecamorfose e possuo apenas um implante. Mas os enxertos de silicato em minha perna estão presos às terminações nervosas, e isso por si só é suficiente para proporcionar uma vantagem rápida de 0,512 segundos, medida desde a detecção da ameaça até o primeiro disparo. Eu nem mesmo configurei isso – meu corpo simplesmente reagiu.

Esse cara. Se você empresta dinheiro a alguém, tem que dar um tempo para que te paguem de volta. Esses jovens de hoje... – Han

O Império tinha leis contra aprimoramentos ciborgues, mas onde ele está agora? A chamada Nova República é inofensiva, sem o poder de fogo para respaldar suas palavras. Sem ninguém para conter ambições, é a Gangue da Morte Guaviana que definirá novos pa-

DRÕES PARA O QUE UMA MENTE CONSCIENTE PODE REALIZAR.

>NOSSOS SOLDADOS DE SEGURANÇA SÃO MEIO DROIDES E, PORTANTO, INTERCEPTAM AS RAJADAS BINÁRIAS ENVIADAS PELA DROIDE GOTRA SEM NENHUMA DIFICULDADE. IMPLEMENTAMOS RAPIDAMENTE NOSSA CONTRAMEDIDA.

01000100 01110010 01101111 01101001 01100100 00100000 01000111 01101111 01110100 01110010 01100001 00100000 01110100 01101111 00100000 01110011 01110100 01110010 01101001 01101011 01100101 00100000 01101000 01101001 01100111 01101000 00101101 01110110 01100001 01101100 01110101 01100101 00100000 01110100 01100001 01110010 01100111 01100101 01110100 01110011 00100000 01101111 01101110 00100000 01010100 01100101 01110010 01101101 01101001 01101110 01110101 01110011 00100000 01001100 01101001 01110100 01110100 01101100 01100101 00100000 01010000 01100101 01110100 01110010 01101111 01110110 01101001 00100000 01100001 01101110 01100100 00100000 01000011 01101111 01110010 01100010 01100101 01110100 01110100 00100000 01000011 01101100 01110101 01110011 01110100 01100101 01110010

01010000 01101111 01110011 01101001 01110100 01101001 01101111 01101110 00100000 01110011 01101111 01101100 01100100 01101001 01100101 01110010 01110011 00100000 01100110 01101111 01110010 00100000 01101001 01101110 01110100 01100101 01110010 01100011 01100101 01110000 01110100 00001010

Que tentador. — Mestre Decodificador

É POR ISSO – TUDO ISSO – QUE A GANGUE DA MORTE GUAVIANA ESTÁ DESTINADA A SUBSTITUIR OS LAMBEDORES DE

SUOR ORGÂNICOS COMO OS MEMBROS DO KANJIKLUB. PARA O QUE ELES SERVEM? ANTIGOS ESCRAVOS E LUTADORES DE ARENA FRACASSADOS, TODOS ELES INDISTINGUÍVEIS DO LIXO DE RUA.

>A GANGUE DA MORTE GUAVIANA TEM SUAS AMBIÇÕES ALÉM DO KANJIKLUB. NOSSOS NANOPROFETAS CONCLUÍRAM A ABSORÇÃO DOS DADOS QUE A DROIDE GOTRA ROUBOU DOS REPOSITÓRIOS DE KANATA, E ESSES DADOS AGORA SÃO NOSSOS PARA TRAÇAR PLANOS.

A DOMINAÇÃO DO SUBMUNDO GALÁCTICO COMEÇA AGORA, COM UM ATAQUE MASSIVO EM NANTOON.

PARECE QUE O CRONOGRAMA DA TOMADA DE CONTROLE NÃO ESTÁ MAIS INCERTO. NOSSOS SOLDADOS DE SEGURANÇA LANÇARÃO SEU ATAQUE EM CINCO CICLOS A PARTIR DO MOMENTO DESTE MARCO.

> QUATRO CICLOS.

> TRÊS.

> DOIS.

KANJIKLUB

MECA-NINHO GUAVIANO: ANULADO!
GI SHATTA GASHA!
KANJIKLUB GRANDIO!

SOU RAZOO QIN-FEE. A GANGUE DA MORTE GUAVIANA ESTÁ ESTUPEFATA, SEUS NERVOS ATORDOADOS PELOS ATAQUES DO KANJIKLUB DURANTE O CONFRONTO NO MANDATO CRONÊS.

NÓS TIRAMOS TUDO DAQUELES IMBECIS! TIRAMOS TANTO QUE O TREM DE CARGUEIROS SE ESTENDE ATÉ FORAN TUTHA, COM CADA NOVA CARGA OFERECIDA AOS PÉS DO MANDA-CHUVA TASU LEECH.

GANGUE DA MORTE GUAVIANA ENGOLE HUMILHAÇÃO AMARGA!
YAMA KILLE CHESKAR GOO!
KANJIKLUB GRANDIO!

SUAS INFORMAÇÕES? VAMOS DECODIFICÁ-LAS. SUAS BARRAS DE METAL? VAMOS GASTÁ-LAS!

QUEIMAREMOS TODOS OS GUAVIANOS DENTRO DE SUAS CASCAS!
E CHU TA, GUAVIANOS!
NEE CHOO!

NÓS, MEMBROS DO KANJIKLUB, LUTAMOS NOS BAIXIOS DE CHASIDRON. MAIS UM COMBATE EM QUE ARRASAMOS NOSSOS ADVERSÁRIOS ESTÚPIDOS.

QUEM SERÁ O PRÓXIMO? SOL NEGRO, CRYMORAH, AURORA ESCARLATE? MAIS ALGUÉM QUE COSTUMAVA PENSAR QUE CONTROLAVA A GALÁXIA?

OS VELHOS MÉTODOS NÃO PODEM DURAR PARA SEMPRE. OS HUTTS JÁ ESTÃO EM QUEDA LIVRE. KANJIKLUB SE CERTIFICARÁ DE QUE NÃO HAJA SOBREVIVENTES!

O TEMPO DOS HUTTS CHEGOU AO FIM!
STY-UKA, SLEEMO!
WOMPITY DU WERMO!

TASU LEECH DIZ QUE KANJIKLUB DEVERIA FORMAR UMA PARCERIA COM OS FABRICANTES DE ARMAS. ELES SÃO OS VERDADEIROS PODEROSOS DA GALÁXIA, E ESTÃO ANSIOSOS PARA SE ASSOCIAR CONOSCO.

PARTIREMOS PARA CANTONICA PELA MANHÃ. KANJIKLUB ESTARÁ NO CENTRO DO RINGUE, COM OS PUNHOS CERRADOS!

ME JUUS KU!
BOSKA, PATEESA!
KANJIKLUB GRANDIO!

Maz Kanata, você é encantadora como sempre. Este é o seu movimento mais inspirado até o momento.

Tenho desfrutado dos nossos testes de inteligência ao longo dos anos, especialmente pelo fato de nenhum de nós ter conseguido superar o outro.

Admito que não tenho ideia de como você conseguiu colocar este livro em minhas mãos! Você não poderia saber que eu roubaria os pertences de um chefe do Kanjiklub envolvido em negociações pelo domínio fiscal dos territórios da Orla Exterior. Mas para quem mais poderia ser este livro, senão para o Mestre Decodificador?

Nosso jogo privado de códigos, cifras e criptogramas é como falar uma língua morta. Apenas alguns têm fluência, então ter uma conversa é um prazer raro.

Maz, eu vou desvendar seu enigma, mas preciso construir minha lenda enquanto isso. Aperfeiçoar as artes de infiltração, espionagem e blefe de alto risco exige que eu me aproxime dos jogadores mais valiosos da galáxia.

Com tempo e atenção, todos tocarão a minha música.

Voltei dos salões de apostas de Hosnian Cardota, onde distraí uma mesa de comerciantes de armas enquanto pouco a pouco reduzia seu suprimento de dinheiro. Todos poderiam suportar facilmente a perda, mas ficaram muito ofendidos quando pedi para repassarem suas fichas. Um deles eventualmente tentou me envenenar — a toxicidade anulada pela minha membrana lingual hullepi, é claro — e fiz minha saída usando um planador de asa-delta da sacada do 350º andar.

Durante todo esse tempo, percebi que minha atenção voltava constantemente para o mistério deste livro de registros.

Não posso deixar de notar que sua lista de poderosas organizações criminosas está, é claro, desatualizada há décadas. Além disso, minha experiência no Sistema Hosnian me fez perceber que você negligenciou creditar os verdadeiros poderes da galáxia — talvez de propósito?

LISTA DA MAZ	AGENTES IMPORTANTES	CORPORAÇÕES
Sol Negro	Nenhum (diáspora de vigos)	Sistemas de Frota Sienar
Crymorah	Droide Gotra	BlasTech
Aurora Escarlate	Orgulho de Son-Tuul, Guavianos	Estaleiros de Propulsores Kuat
Pykes	Kanjiklub/Saqueadores da Chave Vermelha	Guilda de Mineração
Hutts	Saqueadores da Chave Vermelha/Kanjiklub	Autoridade do Setor Corporativo

Tenho certeza de que essas relações escondem uma pista. Aplicando um valor (derivado do controle de recursos) à primeira coluna e aplicando um fator exponencial (com base no grau de dominação do setor da segunda coluna)... resulta em uma chave de segurança de 16 dígitos: 8211002504757290.

Não. Se qualquer drone de dados consegue decodificar isso, seria um texto cifrado muito simples.

Preciso fazer uma pausa para reabastecer meus recursos. Preciso de créditos, é verdade, embora não recusaria um coquetel chandrilano bem preparado também.

Até eu retornar das casas de negociação de Brentaal, seu código terá que esperar. Brentaal é um dos poucos mundos que ainda não proibiu o Mestre Decodificador de participar de jogos envolvendo cálculos mentais de probabilidades. Certamente será uma aventura cheia de emoção.

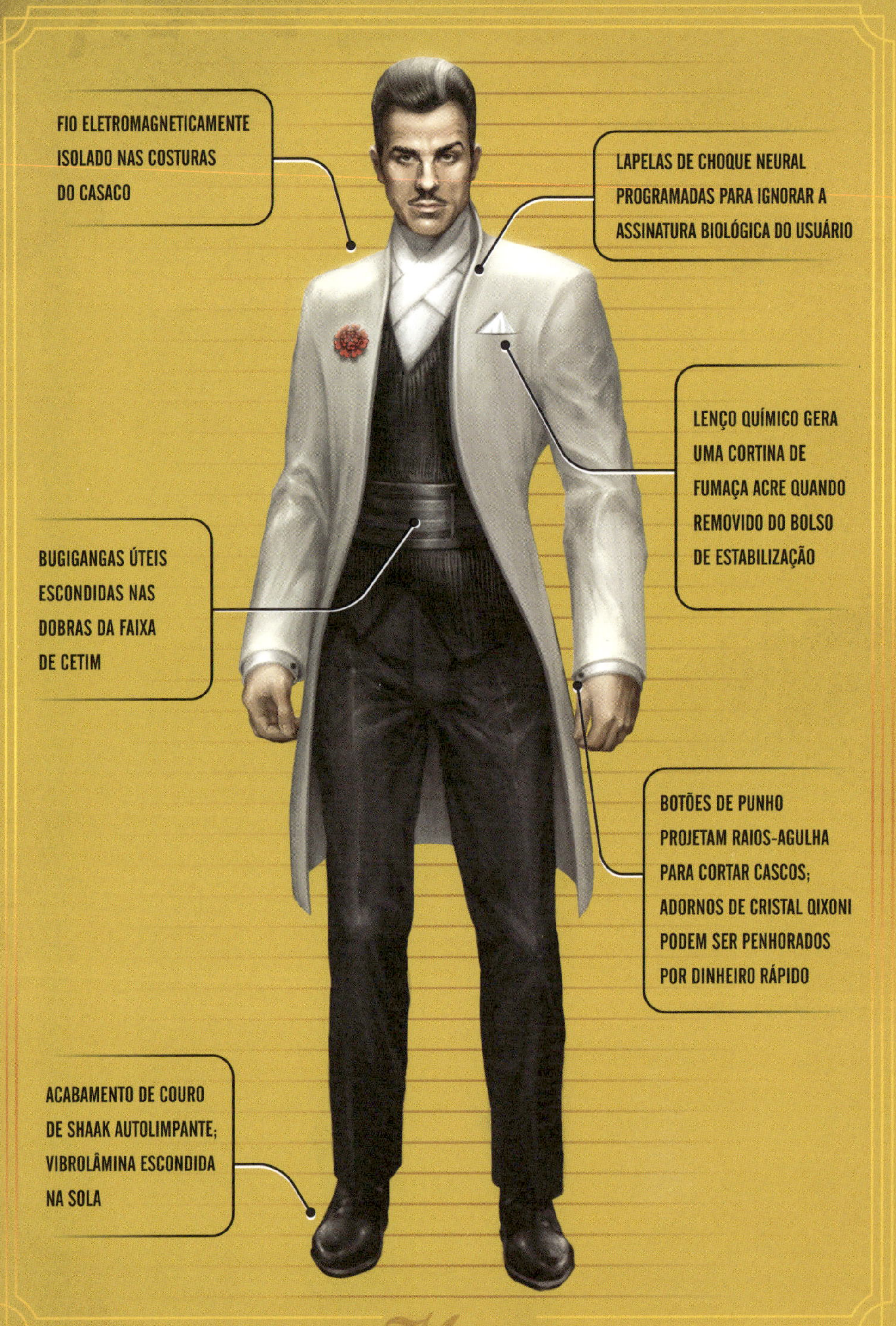
FIO ELETROMAGNETICAMENTE ISOLADO NAS COSTURAS DO CASACO
LAPELAS DE CHOQUE NEURAL PROGRAMADAS PARA IGNORAR A ASSINATURA BIOLÓGICA DO USUÁRIO
LENÇO QUÍMICO GERA UMA CORTINA DE FUMAÇA ACRE QUANDO REMOVIDO DO BOLSO DE ESTABILIZAÇÃO
BUGIGANGAS ÚTEIS ESCONDIDAS NAS DOBRAS DA FAIXA DE CETIM
BOTÕES DE PUNHO PROJETAM RAIOS-AGULHA PARA CORTAR CASCOS; ADORNOS DE CRISTAL QIXONI PODEM SER PENHORADOS POR DINHEIRO RÁPIDO
ACABAMENTO DE COURO DE SHAAK AUTOLIMPANTE; VIBROLÂMINA ESCONDIDA NA SOLA

Maz, você sabe que divulguei os fragmentos dos meus dados pessoais nas redes de notícias públicas, protegidos apenas por um código bio-hexacriptado. Se algum adversário for capaz de decifrar, pode reivindicar o título de Mestre Decodificador.

É óbvio dizer que nenhum deles teve sucesso, e percebo que isso em si pode ser uma pista. Foram os kupohanos que desenvolveram o método de codificar informações em genomas orgânicos, e assim a técnica de hexacriptação ganhou seu prefixo "bio". Um caminho já espinhoso tornou-se praticamente intransponível.

Por exemplo, essa flor vermelha. Sob o código bio-hexacriptado, cada sequência genética atua como uma cítala envolvida por uma cifra de transposição. Ricas em dados e imprevisíveis.

Sinto que você teria sucesso nessa linha de investigação se eu pudesse determinar a amostra biológica que você selecionou para criptografar.

Depois da minha estadia em Brentaal e um pouco mais ao norte, lembro que algumas coisas nunca mudam. Independentemente da facção que está no poder, os interesses comerciais mantêm seu domínio sobre a manufatura. República ou Império, Nova República ou Primeira Ordem — todos estão no mercado em busca da mesma mercadoria.

Outra coisa que nunca muda é minha escolha de bebida, e isso é um fato que você conhece bem. Portanto, minha adversária intelectual, estou digitalizando este texto em cascas radiais antes de aplicar uma chave bio-hexacriptada derivada do genoma da Fruta Jogan, minha decoração preferida para coquetéis.

Os resultados da minha chave bio-hexacriptada estão de volta, e passei horas analisando-os com um olhar voltado para o seu estilo particular de sagacidade e jogo de palavras.

Posso concluir que este livro de registros é um código elaborado e vivo. Levei em consideração tudo: o número de páginas, o curso de sua jornada interestelar, quais tesouros foram buscados e quais não, a contagem de anos desde a criação mais o tempo médio de posse para cada proprietário, a densidade de palavras em cada página, o grau de desgaste ambiental e inúmeros outros fatores. Sempre que eu me perguntava se estava pensando demais, lembrava-me de sua astúcia excepcional.

A quebra do código bio-hexacriptado não forneceu uma resposta imediata, mas depois de analisar manualmente os padrões, eu a vi. Ao pegar cada septuagésimo-segundo caractere com um fator de medida exponencial aplicado em intervalos regulares, temos o seguinte:

F – E – [L] – I – [Z]

[S] - E - M - [A] - N - [A] F – E – S - [T] – I – [V] -A

(Os caracteres entre colchetes são especulativos, mas alguns dados podem ter sido perdidos durante a decodificação.)

Minha querida Maz, todo este livro de registros é a sua maneira de me desejar um próspero Festival de Ano-Novo? Agradeço e estendo os votos a você.

Agora, como posso me equiparar à sua sutileza ao direcionar este livro de registros para que retorne a Takodana?

Talvez eu o coloque dentro do próprio cargueiro YT-1300 operado por vários de seus agentes desatentos. A *Millennium Falcon*, não é?

Localizar o proprietário é trivial e colocar este livro de registros a bordo é ainda mais fácil. Duvido que o Solo sequer perceba que está lá.

E assim envio este diário de volta a você, velha amiga. Espero ter decifrado seu criptograma. Caso contrário, confio que você se divirta com meus esforços.

Como sempre, cordialmente, o Mestre Decodificador.

P.S.: Lovey envia seus cumprimentos.

Este é o livro de registros do Solo? Não é o de fábrica que acompanha um cargueiro YT novinho em folha, mas não ficaria surpreso se ele tivesse perdido aquele há muito tempo. Isso servirá para registrar a aquisição dessa propriedade.

Gannis Ducain

Solo realmente deveria ficar de olho em seus pertences!

IRMÃOS IRVING

Encontrei isso na cabine. Um livro de registros com aparência estranha, mas parece oficial ou algo próximo disso.

A *Millennium Falcon* agora é de propriedade dos Irmãos Irving.

Toursant Irving

Vanver Irving

POSTO DE NIIMA, JAKKU
LOTE DE REVENDA E BARRACA DE CONCESSÃO
UNKAR PLUTT, PROPRIETÁRIO

BEM ADQUIRIDO:

Cargueiro YT-1300 *Millennium Falcon*

NOTAS

Não parece grande coisa por fora. Poderíamos conseguir algum dinheiro colocando os motores e o computador de navegação para funcionar. "É boa onde interessa!"

Se ninguém fizer uma oferta, depenar por peças.

LICENÇA DO OPERADOR

CARGUEIRO PESADO CLASSE BALEEN CORELLIANO

NOME DA NAVE

ERAVANA

DISTRIBUIÇÃO DE ARMAMENTOS

DESARMADO

HIPERPROPULSOR

CATEGORIA 2

TITULAR PRIMÁRIO

SOLO, HAN

TITULAR SECUNDÁRIO

CHEWBACCA

Não é justo. Tenho que tirar uma nova foto a cada poucos anos, mas o Chewie não envelheceu nem um dia. Para os Wookiees, nós humanos somos basicamente animais de estimação.

Eu já disse que se ele fizer outra dívida de vida depois que eu chutar o balde, vou voltar para assombrá-lo. Dá para fazer isso com a Força, não é? —Han

DEVO SER ALGUM TIPO DE BURACO NEGRO para que essa coisa continue surgindo no meu caminho assim, certo? Algum adivinho quer explicar por que estou vendo esse presságio ruim de novo e de novo?

Pelo menos o Chewie está feliz com isso. Ele continua abrindo em páginas diferentes e rindo, bufando. Diz que é boa sorte que essa coisa continue voltando para a gente, mas não acho, não.

Se isso fosse verdade, as coisas teriam sido diferentes. Tudo seria diferente. Sinceramente, o que mais eu poderia esperar? O que um cara como eu poderia oferecer a alguém como ela?

Pule as histórias de tesouros enterrados e todo aquele papo. Não há nada de errado em buscar alvos fáceis. Eu e Chewie estávamos indo bem transportando cargas na *Eravana*. Quase me fez sentir como se fosse jovem e tolo outra vez.

Foi quando encontramos a *Millennium Falcon*. Tenho percorrido seus corredores desde então. O cheiro fresco de graxa. Aquele futum velho do tecido do sofá. O som que o ciclador de ar faz quando dá aquela chiada antes de desligar. Os pés gigantes do Chewie pisando em todas as placas ocas do convés.

Estamos a caminho de Takodana. Poderia facilmente entregar este livro de registros para a Maz. Mas estou começando a sentir que ele é meu e, depois de recuperar a *Falcon*, não tenho pressa alguma de voltar a dar mais coisas de graça.

Aquela garota, Rey. Seria bom tê-la a bordo da *Falcon*. Poderia ensinar a ela o que sei. A velhice está chegando e ter alguém que possa se virar nos momentos difíceis seria bom. E talvez ela possa dar continuidade depois que eu partir. Mais uma jogada de dados. A redenção de um patife.

Arrependimentos devem ser a pior parte de envelhecer. Não consigo parar de pensar nas coisas que disse tempos atrás e que talvez não devesse ter dito. Passei tantos anos tentando me tornar a pessoa que eu queria ser que acabei afastando aqueles que eram inteligentes o suficiente para perceber que tudo era apenas um teatro. Deveria ter sido um parceiro melhor e um pai melhor.

E se eu pudesse fazer tudo de novo? Para ser sincero, as coisas provavelmente aconteceriam da mesma forma. Não faz muito sentido em pensar nisso. Ficar constantemente olhando para trás é uma maneira bastante eficaz de ficar andando em círculos.

Não se pode mudar o passado, então não adianta ficar triste com isso. Mas o amanhã? Cuidado com ele.

Ah, Han. Seu bobo lindo e intransigente.

Passar as páginas deste livro é como te conhecer novamente. O fanfarrão fora da lei. O rebelde relutante. Você me deixava furiosa e sabia disso.

Quantas vezes ameacei te jogar para fora da escotilha ou te abandonar em uma lua morta? Mas quem além de um patife obstinado como você poderia ter atravessado minha armadura cuidadosamente construída e alcançado a órfã despedaçada lá dentro?

Depois de Alderaan, jurei nunca mais me aproximar de ninguém. E então você estava lá, com sua arrogância e aquele sorriso debochado. E sim, eu admito, aquelas calças justas. Não tinha como resistir, não é?

Te decifrei no momento em que pus os olhos em você. Um fora da lei, um encrenqueiro, um patife. Sabia que dizem que se pode conhecer muito sobre uma pessoa por quem anda com ela? Se este livro de registros serve de indicação, eu estava certa desde o início.

Sei o que você diria sobre isso. Diria que o caráter de alguém não deve ser definido pelo trabalho que exerce. E eu provavelmente discutiria com você, por hábito, mesmo que a prova de suas palavras estivesse ali, bem na minha frente.

Você passou uma vida fugindo de seus arrependimentos, Han. Percebo que eles começaram a pesar sobre você no fim, e eu gostaria de poder falar com você mais uma vez. Te diria que arrependimentos não são motivo de vergonha. São uma oportunidade de dar um passo atrás e fazer uma avaliação de sua vida antes de seguir em frente novamente. Arrependimentos permitem que você veja com compaixão, que entenda que outros cometeram os mesmos erros que você.

Sei que você sempre se perguntou, e a resposta é não. Eu nunca me arrependi do nosso tempo juntos. Eu te amei, pastor de nerfs. Ainda te amo.

A *Falcon* é a nave do Chewie agora. E Rey me lembra muito você. Uma mão na frente e outra atrás, mas com coragem suficiente para enfrentar a galáxia. Vou colocar este diário de volta na *Falcon*, onde ele continuará navegando. Não poderia ter melhores guardiões.

Até logo, piloto audacioso. Se a Força quiser, nos veremos outra vez.

Leia

O guia do contrabandista: histórias do submundo foi publicado pela primeira vez pela Epic Ink, um selo de The Quarto Group
142 West 36th Street 4th Floor
New York, New York 10018
www.Quarto.com

Design: Sam Dawson
Editorial: Delia Greve
Produção: Tom Miller

Autor: Daniel Wallace
Ilustrações: Adrián Rodriguez: páginas 9, 10, 13, 16, 17, 19, 22, 30, 32-33, 35, 42, 44, 50, 74, 86-87, 88, 89, 91, 92, 93, 94, 104, 106, 107, 108, 113; Studio Hive: páginas 8, 12, 14, 21, 23, 54, 57, 58, 61, 62, 63, 64, 69, 70, 77, 101, 110, 111, 112 (em cima), 115, 119, 125, 128, 131, 133, 134, 136, 142, 150, 156; Javier Charro: páginas 38, 40, 66-67, 71, 81, 82-83, 112 (embaixo), 120, 122, 124, 137, 138

Crédito das imagens: 47236681 © Valentin Agapov/ Shutterstock; 269387966 © Ataly/Shutterstock; 327470060 © howcolour/Shutterstock

Tradução: Alvaro F. Filippi
Editoração e adaptação: Renata Vidal

Impresso na China

MISTO
Papel | Apoiando uma gestão florestal responsável
FSC® C016973

CIP-BRASIL. CATALOGAÇÃO NA PUBLICAÇÃO
SINDICATO NACIONAL DOS EDITORES DE LIVROS, RJ

W179g

Wallace, Daniel
O guia do contrabandista / Daniel Wallace ; tradução Alvaro F. Filippi. - 1. ed. - Rio de Janeiro : Bertrand Brasil, 2023.

Tradução de: The smuggler's guide
ISBN 978-65-5838-220-1

1. Ficção americana. I. Filippi, Alvaro F. II. Título.

23-85147 CDD: 813
CDU: 82-3(73)

Gabriela Faray Ferreira Lopes - Bibliotecária - CRB-7/6643

Direitos exclusivos de publicação em língua portuguesa somente para o Brasil adquiridos pela:
EDITORA BERTRAND BRASIL LTDA.
Rua Argentina, 171 — 3º andar — São Cristóvão
20921-380 — Rio de Janeiro — RJ
Tel.: (21) 2585-2000,
que se reserva a propriedade literária desta tradução.